눈물

눈물

1판 1쇄 발행 2013년 12월 24일
1판 9쇄 발행 2021년 1월 20일
교회인가 2013년 12월 31일

지은이 ㅣ 최인호
사진 ㅣ 김 돈보스코
도움을 주신 곳 ㅣ 천주교 서울대교구(268 270쪽 사진 제공)
도움을 주신 분 ㅣ 신병섭(저자 사진 제공)

펴낸곳 ㅣ 어백출판사
등록 ㅣ 2019년 11월 25일 제 2019-000265호
주소 ㅣ 서울시 성동구 한림말길 53, 4층 [04735]
전화 ㅣ 02-798-2368
팩스 ㅣ 02-6442-2296
이메일 ㅣ iyeo100@hanmail.net

ISBN 979-11-968880-6-0 (03810)

■이 도서의 국립중앙도서관 출판예정도서목록(CIP)은 서지정보유통지원시스템
홈페이지(http://seoji.nl.go.kr)와 국가자료공동목록시스템(http://kolis-net.nl.go.kr)
에서 이용하실 수 있습니다. (CIP제어번호 : CIP2020019525)

눈물

최인호 유고집

여백

주님의 발을 제 눈물로 적시고

발에 입을 맞추고 향유를 부어 드릴 수 있다면…

주님을 생각할 때마다 내 눈에서도 홍수와 같은 눈물이

흘러내릴 수 있도록, 주여 나를 게파(바위)로 만들어 주소서.

성모님과 십자고상이 있는 탁상 앞에 앉아 글을 씁니다. 탁상 위에는 지난 수 년 동안 묵주기도를 올릴 때마다 흘렸던 눈물로 포도송이처럼 흔적이 남아 있습니다.

이 글을 쓰는 지금도 눈물이 흐릅니다. 주님 제 눈에서 눈물이 흘러내립니다. 주님 저는 이 순간만은 진실합니다. 주님 제가 이 순간만이라도 진실할 수 있다는 것을 어여삐 보아 주소서. 이 눈물만큼이라도 주님에게 위로가 될 수 있다면. 이렇게 글을 쓰면서 이렇게만 머물러 있을 수 있다면. 아아. 저의 눈물이 주님을 위로하는 작은 땀방울이 될 수만 있다면…

오늘 자세히 탁상을 들여다보니 최근에 흘린 두 방울의 눈물 자국이 마치 애기 발자국처럼 나란히 찍혀 있었습니다. 이상한 것은 가장자리가 별처럼 빛이 난다는 겁니다.

부끄러운 마음에 알코올 솜을 가져다 눈물 자국을 닦았습니다. 눈물로 탁상의 옻칠을 지울 만큼 저의 기도가 절실하지 않았을 뿐만 아니라 탐스러운 포도송이 모양으로 흘러내린 탁상 겉면의 눈물 자국도 제게는 너무나 과분했기 때문입니다. 저는 알코올 솜으로 닦으면 영영 눈물 자국이 없어질 거라 생각했습니다. 그러나 뜻밖에도 알코올이 증발해 버리자 이내 눈물 자국이 다시 그대로 제 모습을 드러냈습니다.

2013년 1월 11일 밤 11시.

탁상에 얼룩졌던 두 개의 애기 발자국 중 하나가 없어져 버렸습니다. 일부러 지운 것도 아닌데… 문득 오래 전부터 기억하고 있던 동요가 머릿속에 떠오릅니다.

'날 저무는 하늘에/ 별이 삼형제/ 반짝반짝 정답게/ 지내이더니/ 웬일인지 별 하나/ 보이지 않고/ 남은 별이 둘이서/ 눈물 흘린다.'

눈물 자국 하나는 어디로 간 것일까…
반짝반짝 정답게 지내이더니.

1987년 8월, 벗에게 한 통의 편지가 도착합니다

사랑하는 벗이여

이 편지를 받는 그대가 누구인지 아직 저는 모릅니다. 그대는 이미 제가 만났었던 사람인지, 친하였던 동무였는지, 아니면 오가는 길가에서 스쳤던 사람인지 알 수는 없습니다만, 어쨌든 내 사랑하는 벗이 되어 생전 처음 그대에게 쓰는 이 편지를 받아 주시기 바랍니다.

이 편지를 받는 그대가 아직 만나지 못하였던 사람인지, 앞으로 제가 만나야 할 미지의 사람인지, 아니면 영영 제가 이 세상에 머물 때까지 만나지 못할, 그럴 사람인지 알 수 없어 그대 이름 부르지 못하고 그냥 '사랑하는 벗이여'라고 문안 인사를 드리는 것이니 내 사랑하는 친구가 되어서 이 편지를 받아 주시기 바랍니다.

사랑하는 벗이여.

저는 오늘 그대에게 최근에 있었던 제 일상생활에 관한 일들을 고백하려 합니다. 저는 두고두고 이 사실을 가슴속에 묻고 있다가 때가 되면 입을 열어 그대에게 편지를 쓰려 하였습니다. 그러나 더 이상 이 사실을 가슴에 묻고 숨길 수가 없습니다. 이제 제 가슴은 부풀어 오르는 기쁨과 자랑하고 싶은 설렘으로, 수줍은 새색시 같이 눈을 내리깔고 시치미를 뗄 수만은 없게 되었기 때문입니다. 그래서 우선 그대에게 편지를 써서 이 사실을 고백하려 합니다.

사랑하는 벗이여.

저는 지난 6월 7일 서울 서초동 성당에서 세례성사를 받았습니다. 제 본명(영세명)은 '베드로'. 언제부터인가 영세를 할 때면 제 본명으로 사용하리라 미리 예비하고 있었던 이름이었습니다. 그것은 특별히 '베드로'라는 분이 좋아서 혹은 남달리 그분에 관해 각별한 애정을 갖고 있어서라기보다는, 돌아가신 아버님이 돌아가시기 직전에 대세代洗를 받으실 때 본명으로 삼으신 이름이기 때문이었습니다.

그러니까 돌아가신 아버님이 베드로 1세였다면 저는 아버님의 뒤를 이어 베드로 2세가 된 것입니다.

그리하여 이제 저는 천주교 신자가 되었습니다. 그 많은 기도의 말, 아직 모두 외우지는 못하였으나 대부분의 말들은 따라할 수 있게 되었고, 얼른 보면 복잡하기 그지없어 아주 엄격하고 어렵기만 하던 주일 미사에도 참석하여 어색하기 짝이 없게 성호를 긋기도 하고 '주의 기도'를 남들보다 큰소리로 드리는 신자가 되었습니다.

처음에는 간혹 잊어버리기도 하였지만 이제는 꼬박꼬박 식사를 할 때마다 성호를 긋고 기도도 빼놓지 않는 그러한 신자가 되고 말았습니다. 이 사실을 사랑하는 벗에게 우선 고백하여야 한다고 생각하였기 때문에 이 편지를 쓰는 것입니다.

우선 그대는 제 이 고백을 들으시고 무척이나 놀라셨을 것입니다. 어쩌면 이렇게 생각하실지도 모릅니다.

'아아, 그가 마침내 인간으로서 약해졌구나. 아아, 그가 마침내 죄를 뉘우치고 회개하였구나. 아아, 그가 마침내 나이 마흔을 넘기더니 어쩔 수 없어 하느님을 찾아갔구나.'

그리하여 한때 대마초를 피우다 죄를 뉘우치고 자선 공연을 하는 가수들을 볼 때 느끼던 감정을 제게서 느끼실지도 모르겠습니다. 또한 무슨 고아원이나 양로원 같은 곳에 라면 박스를 보내는 그런 회개한 신자들을 바라볼 때 느끼는 감정으로 저를 재미있고 흥미롭게 바라보실지도 모르겠습니다.

누가 술이 센가를 가리기 위해서 술집에서 밤을 새우면서 술을 마시다가 마침내 술이 약한 친구가 화장실에 가는 척 도망쳐 버렸을 때, 이긴 사람이 느끼는 감정으로 저를 이렇게 생각하실지도 모릅니다.

'아아, 마침내 지고 말았군!'

그렇습니다. 사랑하는 벗, 그대는 제가 천주교 신자가 된 것을 술이 약해 그만 버티지 못하고 집으로 도망쳐 버린 공처가로 비유하여 생각하실지도 모릅니다. 아직 즐길 술이 많이 있고 시간도 많이 남아 있는데 말입니다.

사랑하는 벗이여.

아직 제가 입을 열어 말하지는 않겠지만 그대가 생각하는 것은 모두 옳지 않습니다. 저 역시 그대와 똑같이 술에 약해 도망치는 사람들에게 이렇게 놀리곤 하였으니까요.

"자아식, 술에 약한 공처가, 조무래기, 겁쟁이 같은 녀석."

저 역시 주위에서 신앙을 갖기 시작하는 수많은 사람들을 보았습니다. 통회하면서 울부짖는 신자들을 보았고, 하루아침에 예수님을 만났다는 친구들도 만났었습니다. 예수님을 믿기 시작하자 장사도 일도 건강도 다 되찾게 되었다는 부자 친구도 만났었고, 이상한 말을 하면서 이상한 말로 울부짖는 친구도 만났었습니다. 그러할 때 저 역시 이렇게 말하던 사람 중의 한 사람이었습니다.

"자아식, 미쳤군."

그러므로 그대가 저를 어떻게 생각하실지, 어떻게 이야기할지 저는 이미 잘 알고 있습니다. 그런데도 불구하고 제가 이 편지를 띄우는 것은 우선 제가 천주교 신자가 되어 하느님과 그의 아드님이신 예수님을 믿는 신자가 되었음을 그대에게 고백하고 이를 통고

하기 위함입니다.

그렇습니다. 저는 이제 천주교 신자가 되었습니다.

그대가 여전히 이상하게 생각하는 천주교 신자가 되어 아침저녁으로 기도하고, 밥 먹을 때 성호를 긋고, 말할 때마다 걸핏하면 하느님과 예수님과 회개와 부활 같은, 성경의 용어들을 즐겨 말하는 그런 신자가 된 것입니다.

저는 이제 자랑스럽게 그대에게 말합니다. 이는 자랑이 아닙니다. 참으로 슬픈 죄의 고백입니다.

그러므로 그대가 제 말을 믿으셔도 좋습니다. 그대가 저보다 더 많은 쾌락을 누렸을 리는 없습니다. 이 역시 자랑이 아닙니다. 하느님을 알게 됨으로써 죽어 버린 제 육체의 고백입니다. 그러므로 제 말을 믿으셔도 됩니다.

그대가 아무리 유명해도 저보다 많이 신문에 이름이 오르내릴 리가 없고, 그대가 아무리 건강해도 저만큼 강하지는 못하였다고 자부합니다. 그러므로 그대와 같이 수많은 죄와 쾌락과 욕망에 불타고 있었던 제 말을 일단 믿으셔도 됩니다.

그러므로 저는 압니다. 사랑하는 벗, 그대가 얼마나 고독하고 슬프고 고통스럽고 쓸쓸한지 제가 그대의 그 고독을 압니다.

사랑하는 벗이여.

저는 이제 그대가 말하는 이른바 '예수쟁이'가 되었습니다. 이 소식을 우선 그대에게 전해 드리고 싶어서 이 편지를 씁니다.

제 육신은 마흔세 살의 나이로 죽었으며, 이제 저는 이 세상에 태어난 지 겨우 한 달밖에 안 되었습니다. 그러므로 하고 싶은 말, 그대에게 전하고 싶은 말들이 하루하루 샘솟아 오릅니다. 그 한 달 동안 내 영혼 속에서 일어났던 놀라운 일들과 기적들을 그대에게 모두 털어놓아, 얼마만큼 제가 주님으로부터 사랑받았는지를 빼기고 자랑하고 싶지만 그러나 아직 그때가 되지 않았음을 저는 압니다.

이제 겨우 갓 태어난 제가, '아빠 엄마'만을 겨우 말할 수 있는 제가 무슨 말을 할 수 있겠습니까. 또한 무슨 말로 이 마음속에 일어난 기적을 표현할 수 있을 것입니까.

천천히 아주 천천히 오랫동안 생각하여서, 생각하고 생각하여서 그대에게 아주 오랜 뒤에 가장 짧은 말로 말할 수 있을 때가 되었을 때 말씀드리겠습니다. 그렇게 될 수 있도록 하느님은 저를 도와주실 것입니다.

그러므로 저는 우선 제가 천주교 신자가 되었고, 제 집의 작은 공간에 십자가에 못 박힌 예수님의 고상苦像과, 보면 볼수록 아름답고 품에 안기고 싶은 마리아상을 모셨으며, 이따금 그 앞에 두 손 모으고 무릎 꿇고 '묵주의 기도'를 바치는 신자가 되었음을 전해 드리고 싶어서 이 편지를 쓰는 것입니다.

사랑하는 벗이여.

먼 후일 저는 그대를 위해 아주 긴 편지를 쓰겠습니다. 그때는 이 편지처럼 문안 인사의 편지만은 되지 않을 것입니다.

그때까지 사랑하는 벗이여. 안녕히 계십시오. 제 편지를 받으신 그대에게 하느님의 은총이 임하게 되시기를 간구합니다.

먼 후일 또 다른 편지 한 통이 벗에게 도착합니다

사랑하는 벗이여

2008년 여름, 나는 암을 선고받고 수술을 받았습니다.
가톨릭 신자로서 앓고, 가톨릭 신자로서 절망하고, 가톨릭 신자로
서 기도하고, 가톨릭 신자로서 희망을 갖는 혹독한 할례 의식을
치렀습니다. 나는 이 의식을 '고통의 축제'라고 이름 지었습니다.

2009년 10월, 침샘에 있었던 암이 폐로 전이되었습니다. 전신 항암 요법을 시작한 후 1차 치료가 끝났을 때, 내 체중은 일주일 만에 다시 5kg이 줄어 있었습니다. 항암제가 너무나 독해 구토가 나고, 머리가 빠지고, 손발이 저려왔습니다. 손톱과 살 사이에도 염증이 생기고 진물이 나왔습니다. 밥은 물론 물 한 모금도 삼킬 수 없었습니다. 약물 치료와 방사선 치료를 병행하면서 나는 글 쓸 마지막 힘조차 없었습니다. 엄습해 오는 경험 못 한 두려움과 공포는 불면이라는 또 다른 방식으로 나를 괴롭혔습니다. 잠을 잘 수가 없어 늘 수면제와 신경 안정제를 복용했지만, 먹은 지 2시간이면 깨어나 나는 어둠 속에서 탁상 위에 계신 성모님께 두 손 모아 기도드렸습니다. 하지만 고통으로 인해 기도의 말조차 올릴 수 없을 정도로 나의 심신은 지칠 대로 지쳐 있었습니다. 참말로 다시 일·어·나·고·싶·습·니·다.

2010년 다시 침샘암이 재발했습니다. 나는 항암 치료를 중단하고 중성자 치료만을 받으러 국립암센터로 자리를 옮겼습니다. 암 부위를 정확히 파괴하기 위해 나는 중세의 검투사들이 썼을 법한 가면도 써 보았습니다. 그래도 기도와 희망만은 늘 나를 지켜 주는 수호천사였습니다. 기도를 통해 나는 지금의 나의 고통과 두려움은 주님의 그것과 비교할 수조차 없다는 것을 깊이 깨달았습니다. 나는 너무나 외로웠습니다. 하지만 주님은 저보다 훨씬 더 고독하셨습니다. 나는 미친 듯이 기도에 매달렸습니다. 그러나 여전히 그리스도의 평화는 온전히 내 마음에 찾아오지 않았습니다. 제가 드리는 기도가 '아무것도 구하지 않음을 구하는 기도'가 아니었기 때문입니다. 내가 그토록 기도했으면서도 몸과 마음의 평화를 얻지 못했던 것은 내가 구하기 전에 이미 필요한 것을 알고 계시고, 이를 구해 주시는 아버지 하느님을 믿지 못했기 때문입니다. 아아, 주님. 그래도 난 정말 환자로 죽고 싶지 않고 작 · 가 · 로 · 죽 · 고 · 싶 · 습 · 니 · 다.

2010년 10월 27일, 마침내 나는 소설을 쓰기 시작했습니다. 항암 치료의 후유증으로 인해 손톱 한 개와 발톱 두 개가 빠졌습니다. 아직도 직접 원고지에 만년필로 쓰는 수작업을 고집하고 있기 때문에, 빠진 오른손 가운데 손톱의 통증을 참기 위해 고무골무를 손가락에 끼우고, 빠진 발톱에는 테이프를 칭칭 감고 구역질이 날 때마다 얼음 조각을 씹으면서 미친 듯이 20매에서 30매 분량의 원고를 하루도 빠지지 않고 집필했습니다. 하지만 이 작품은 내가 쓴 것이 아님을 고백합니다. 나는 누군가가 구술로 불러 주는 내용을 받아 단지 원고지에 옮겨 적은 것뿐입니다. 이 소설의 제목이 바로 『낯익은 타인들의 도시』입니다. 하루의 글이 끝날 즈음에는, 축제의 폭죽 소리에 놀란 암 덩어리들이 일시에 몸에서 빠져나와 하늘로 날아오르는 꿈을 꾸기도 합니다. 성모님은 아드님께 내 기도를 전해 주셨고, 주님께서는 내게 기적을 베풀어 주셨습니다. 주님, 나를 나의 십자가인 원고지 위에 못·박·고·스·러·지·게·해·주·소·서.

2011년 네 번째 항암 치료를 끝으로 더 이상 항암 치료는 물론 CT, PET 그 어떤 검사도 받지 않았습니다. 오직 유일하게 받은 치료라면 목에 패인 상처에 안연고를 바르는 일이었습니다. 점점 끓어오르는 가래를 뱉을 힘이 없습니다. 서서도, 앉아서도 가래를 뱉을 수가 없습니다. 바닥에 무릎을 꿇고 엎드려 있는 힘을 다해 겨우 가래를 뱉으면 이미 내 몸은 땀으로 범벅이 됩니다. 가래 때문에 숨을 쉴 수도 잠을 잘 수도 없습니다. 침이 나오지 않아 늘 물병을 달고 삽니다. 이제 먹는 것도 두렵습니다. 사레가 들려 먹을 수가 없습니다. 어느새 영양실조로 병원에 입원하는 일도 익숙한 일과가 되었습니다. 폐렴이 찾아오는 것도 이제는 낯설지 않습니다. 눈을 뜨려고 해도 자꾸만 눈이 감깁니다. 지금 이 순간 나 자신을 가장 괴롭히는 것은 더 이상 글을 쓸 수 없다는 참을 수 없는 절망감입니다. 하지만 나는 쓰고 싶습니다. 반드시 이 고통 속에서. 내게 주님을 찬양하는 글을 쓸 수 있는 힘과 용기를 주소서. 성체聖體가 너무나 고·픕·니·다.

2013년 9월 15일 최인호 베드로는 다시 입원했습니다. 그리고 9월 23일 정진석 추기경님께서는 마지막 병자성사를 집전하셨습니다. 최 베드로는 주님이 오시기를 기다리고 있었습니다. 9월 23일 오후 딸 다혜가 물었습니다. "아빠 주님 오셨어?" "…아니…" 그 다음 날 다시 다혜가 물었습니다. "아빠, 주님 오셨어?" "…아니…" 다음 날, 9월 25일 같은 시간에 다혜가 물었습니다. "아빠, 주님 오셨어?" "주님이 오셨다. 이제 됐다." 그리고 2013년 9월 25일 저녁 7시 02분, 작가 최인호는 선종하였습니다. 최 베드로가 주인공이었던 1인극 '고통의 축제'는 이로서 막을 내렸습니다.

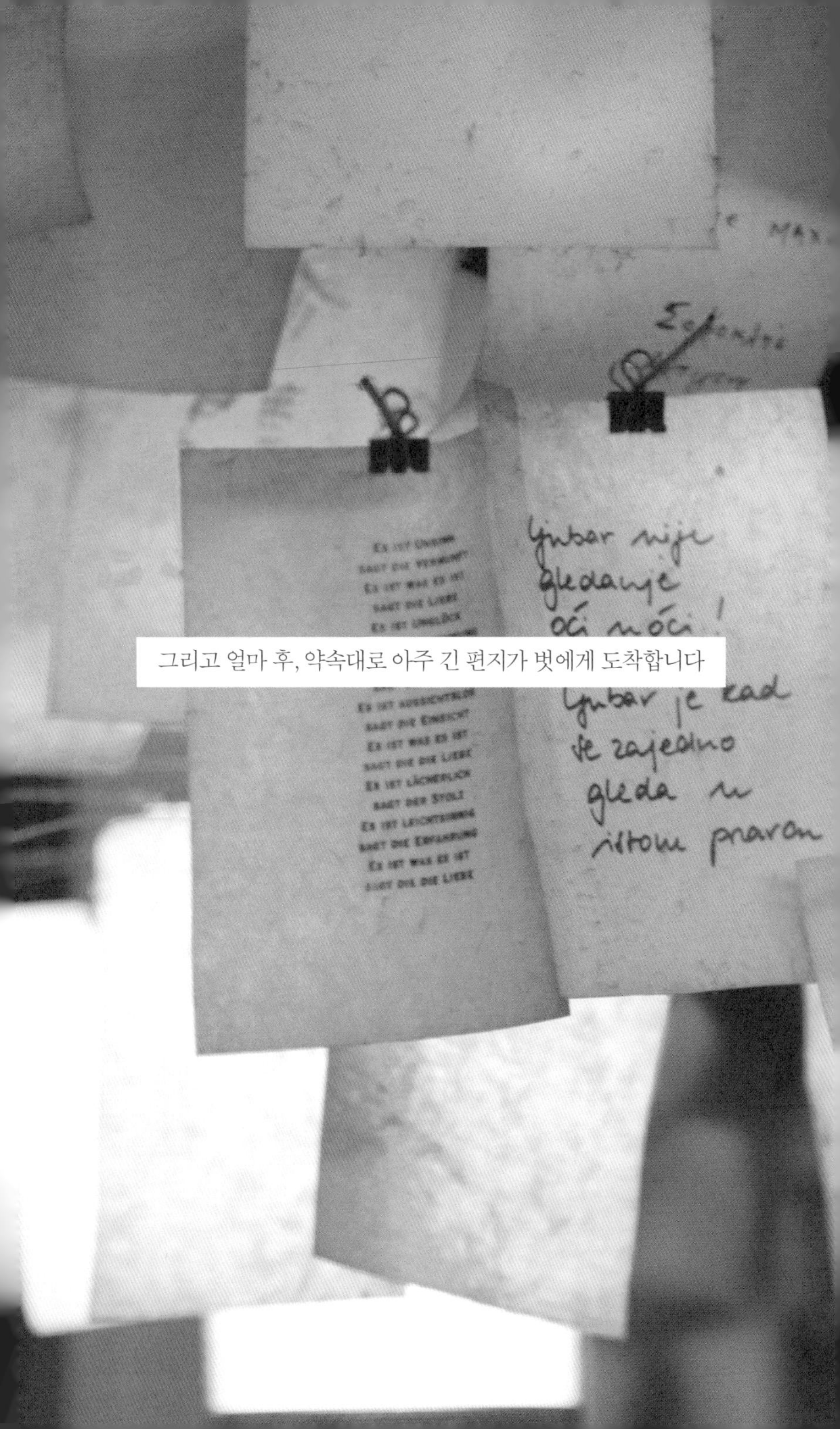

그리고 얼마 후, 약속대로 아주 긴 편지가 벗에게 도착합니다

제가 교회에 처음으로 갔던 것은 예닐곱 살 때였습니다. 부산으로 피난을 갔었는데 바닷가에 작은 교회가 있었습니다. '아 글쎄 교회에 갔더니 잠자리채 내놓고 연보돈만 내라는구나'라는 가사의 재미있는 노래가 있었는데 그 노래를 교회 앞마당에서 신나게 부르고 다녔습니다. 환도 후에도 교회에 나갔습니다. 그때는 해마다 크리스마스 무렵이면 미국에서 보내 온 구호물자를 나눠 주곤 하였습니다. 양키들이 입던 옷가지를 나눠 주면 칼바람 부는 오장동 언덕길을 내려와도 춥기는커녕 행복하기만 하였습니다. 하느님이고 예수님이고 그 구호물자가 바로 내 하느님이었으며 나눠 주는 밀가루가 내 예수님이었습니다. 그때에도 성경책은 있었는데 첫 장을 펼치자 이런 구절이 있었습니다.

'아브라함은 이사악을 낳고 이사악은 야곱을 낳고 야곱은 유다와 그의 형제들을 낳고…'

온통 한 장이 낳고, 낳고, 낳고였습니다. 그래서 우리들은 마태오복음을 '나코복음', 마르코복음을 '말코복음'이라 불렀습니다.

시간이 지나, 그 낳고 낳고 낳고가 예수 탄생까지의 족보를 기록해 놓은 것이라는 사실을 알게 되었으며 예수의 족보는 그분이 아내를 얻어 자식을 낳지 않으셨기 때문에 인성으로서의 가계는

대가 끊겨 단절된 것임을 알게 되었습니다. 그러나 비록 인성으로서의 예수는 아브라함으로부터 사십이 대 만에 대가 끊겼어도 신성으로서의 예수는 수억의 자식을 낳았습니다. 따라서 우리들은 주님의 사랑에 힘입어 성령에 의해 거듭난 그분의 후예들이며, 태고太古로부터 오늘에 이르는 모든 시간 역시 현재의 우리를 위해 준비된 것이라고 할 수 있습니다. 예수라는 분의 족보에는 아브라함으로부터 사십삼 대에 이르는 곳에 우리들의 이름이 올라 있으므로 우리 역시 미래의 누군가의 삶에 기여를 해야만 한다는 사실을 깊이 깨달아야 합니다. 우리의 삶 전체가 그분의 사랑에 빚지고 있기 때문입니다.

"내가 세상 끝 날까지 언제나 너희와 함께 있겠다."(마태 28, 20)
'나코복음' 즉 마태오 복음서의 가장 마지막 구절은 예수 그리스도께서 자신의 후손들인 우리에게 하신 신성의 약속입니다.

주님.
제가 예수그리스도의 뒤를 이어 그 족보에 이름이 올라 기재되었으니 주님의 말씀처럼 항상 저와 함께 계시어 비틀거리며 갈팡질팡 소신 없는 이 변덕스러운 피조물을 주님의 뜻으로 정화시켜 주소서. 또한 악마에게 절대로 쓰러지지 않는 빛의 갑옷을 입혀 주시어 제가 '사랑하는 사람'이 될 수 있도록 사랑을 가르쳐 주소서. 사랑이야말로 이 세상을 존재하게 하는 가장 큰 이유임을 온 마음으로 깨닫게 하소서.

사랑하는 벗이여

처음 세례성사를 받고 주님을 믿게 되었을 때 그 소문은 문단에 소리없이 퍼져 나갔습니다. 그때 많은 작가들이 이렇게 수근대었다고 합니다.

'끝장났어. 문학이고 뭐고 다 끝장나 버렸어.'

문학평론가 L 선생님이 하루는 저를 보자 이렇게 물었습니다.

"예수를 믿게 되었다는데 사실이냐?"

"그렇습니다."라고 제가 대답하자 그분이 이렇게 말했습니다.

"좋은 글 쓰기는 틀렸다. 야단났구나. 뭐니 뭐니 해도 작가는 자유로워야 하는데."

제가 변했다고 동생 녀석이 큰누이에게 일러바치자 같은 가톨릭 신자인 큰누님이 어느 날 국제 전화까지 걸어왔습니다.

"적당히 믿어라. 너무 철저하게 믿으려 하지는 말고."

결론부터 말하겠습니다.

저는 주님을 믿게 되고 나서 무엇이 문학인가를 비로소 알게 되었습니다. 만약 제가 주님 때문에 소설을 쓸 수 없는 그런 작가가 되어 버린다면 주님께서 얼마나 슬퍼하시겠습니까. 주님을 슬프게 해 드릴 수는 없습니다. 주님을 위해서라도 글을 써야지요.

진리이신 주님을 이제야 알게 되었는데 어떻게 적당히 믿을 수 있겠습니까? 마실 술 실컷 마시고, 실컷 놀고, 실컷 즐기면서 적당히 적당히 주님을 믿을 수 있겠습니까? 그런 위선자가 되려면 차라리 가리옷 유다처럼 주님을 배반하는 편이 낫습니다.

벗이여, 저는 자주 넘어집니다. 유명해지고 싶은 욕망과, 타고난 성격인 화를 잘 내는 습관과, 일단 입을 열면 남을 비판해 놓고 보는 교만과, 성욕에의 유혹으로 저는 단 하루도 죄를 짓지 않는 날이 없습니다. 적당히 죄를 지으면서 적당히, 적당히, 적당히 돈을 벌면서 적당히, 적당히, 적당히 거짓말을 하면서 적당히.

싫습니다, 주님.

비록 죄 중에 자주 넘어지지만 저를 주님을 향해 타오르는 불덩어리가 되게 하시던지 아니면 차라리 얼음덩어리가 되게 하소서. 미지근하게 이것도 저것도 아닌 적당한 저로 만들지는 말아 주소서. 가장 뾰족하게 깎은 연필만이 가장 가는 선을 긋듯, 제 정신의 촉역시 언제나 날카롭게 해 주소서.

그리하여 주님,

주님께서 저를 부르셨을 뿐 아니라 뽑히는 사람이 되도록 제게 은총 주소서. 주님은 하실 수 있는 분이시니 이왕 주님에게 버린 몸, 완전하고도 철저하게 주님에게 버린 몸이 될 수 있도록 도와 주소서.

어니스트 헤밍웨이의 단편 〈깨끗하고 불빛 환한 곳〉의 한 장면이 생각납니다. 밖으로까지 환히 불빛이 비쳐 나오는 텅 빈 술집 안에 알코올 중독자인 한 고독한 남자가 홀로 앉아 술을 마시며 중얼거립니다.

"하늘에 계신 허무한 우리 아버지, 아버지의 이름이 허무하게 빛나시며, 그 나라가 허무하게 임하시며 아버지의 뜻이 하늘에서와 같이 땅에서도 허무하게 이루어지소서. 오늘 우리에게 허무한 양식을 주시고 우리에게 잘못한 이를 허무하게 용서하듯 우리의 죄를 허무하게 용서하시고 우리를 허무한 유혹에 빠지지 않게 하시고 허무한 악에서 허무한 우리를 구하소서. 허무한 주의 이름으로 허무하게 아멘."

'허무'는 헤밍웨이 작품의 공통된 주제입니다. 헤밍웨이는 실제로 전쟁에 뛰어들기도 하고 비행기를 타고 추락하여 큰 중상을 입기도 하고 일생 동안 세 번 이상을 이혼하고 새로 결혼했지만 자신이 소설 속에 표현하였듯 허무한 인생과 허무한 고독 속에서 마침내 1961년 7월 사냥총을 입에 물고 스스로 방아쇠를 당겨서

자살하고 말았습니다.

밤이 새도록 술을 마시는 그 허무한 술꾼에게 있어 마지막 한 잔
의 술잔이야말로 아버지의 집으로 돌아가는 것을 막는 유일한 걸
림돌입니다. 딱 한 잔만, 계속 이런 미련 때문에 모든 것이 허무
한 술꾼은 결국 집으로 돌아가지 못하는 것입니다. 마찬가지로
우리의 인생은 바로 주님의 집으로 돌아가기 위한 하나의 여정이
라고 말할 수 있습니다. 사람들은 바로 술 한 잔 때문에, 돈 한 푼
때문에, 열쇠 하나 때문에, 훈장 하나 때문에 방황하면서 허무한
하느님에게 허무한 술타령을 계속하고 있는 것입니다.

나 역시 그런 사람 중의 하나였습니다. '언젠가는 나도 주님께로
나아가겠다. 그러나 지금은 그런 때가 아니다. 왜냐하면 죄악으

로 더럽혀진 더러운 몸이므로 스스로 목욕하고 깨끗한 몸이 되었을 때 비로소 주님께로 나아가겠다.' 이제 생각하면 그 말은 참으로 어리석은 것이었습니다. 내 영혼이야말로 온갖 더러운 죄악의 때로 더럽혀진 몸이었으므로 곧바로 주님께로 나아가 은총으로 깨끗이 씻었어야만 했습니다. 녹이 쇠에서 나서 다시 그 쇠를 녹슬게 하듯이 악惡 역시 사람의 몸에서 나서 다시 그 몸을 망치기 때문입니다.

주님.

주님을 생각할 때마다 내 눈에서도 홍수와 같은 눈물이 흘러내릴 수 있도록, 주여 나를 게파(바위)로 만들어 주소서.

에릭 클랩튼이란 가수는 영국 태생으로 이미 1960년대에 지미 핸드릭스와 더불어 전 세계에서 가장 뛰어난 기타 연주자로 손꼽히던 사람이었습니다. 젊은 나이에 얻은 인기와 명성은 그를 마약과 방종으로 타락하게 했습니다.

그에게 유일한 기쁨이라면 늦은 나이에 얻은 아들의 재롱뿐이었습니다. 그러나 그의 유일한 기쁨이었던 아들은 다섯 살 되던 해 아파트의 베란다에서 추락해서 죽고 맙니다. 이 뜻밖의 죽음에 그는 자살 충동을 끊임없이 느끼면서도 슬픔에서 벗어나기 위해서 자식에 대한 애정이 절절이 배어 있는 노래를 작곡하게 됩니다.

이 노래가 바로 〈천국의 눈물 Tears in Heaven〉이라는 감미롭고 슬픈 노래입니다. 또한 그는 마약과 타락으로 물들어진 자신의 어두운 과거를 벗어나기 위해서 〈나에게 힘을 주십시오 Give me Strength〉란 노래를 작곡했습니다.

주님 나에게 힘을 주십시오.
당신이 가지신,
주님 부디 그 힘을 주십시오.
세상을 살아갈 나는 아마도 너무 덧없이 살았나 봐요.

그래서 많은 우여곡절을 겪었나 봐요.

그러니 주님, 힘을 주세요.

이 험한 세상을 헤쳐 나갈 수 있도록

오 주님 힘을 주세요.

마약과 타락, 아들을 잃어버린 절망 그 고뇌 속에서 에릭 클랩튼이 발견한 주님이야말로 이 험한 세상을 헤쳐 나갈 수 있는 힘을 주는 단 하나의 구원이었던 것입니다.

그렇습니다, 주님. 당신이야말로 우리에게 생명의 힘을 줄 수 있는 오직 유일한 분이십니다.

주님, 당신이 있으면 나는 절망에서 힘을 얻을 수 있습니다.

주님, 당신이 있으면 나는 불행을 딛고 일어설 수 있습니다.

주님, 당신이 있으면 나는 더 이상 비참하지 않습니다.

그러니 주님, 내게 힘을 주십시오. 당신이 지니신 그 생명의 힘을 주십시오. 결코 배고프지 않고 결코 목마르지 않는 주님의 그 생명의 빵을 내게 주십시오. 나는 먹어도 먹어도 배고프고, 마셔도 마셔도 목이 마릅니다.

주님, 나를 불쌍히 여기시고 절대로 나를 버리지 마십시오. 절망에 빠진 에릭 클랩튼의 손에 기타를 들게 하시고 탄식에 울부짖는 그의 입에 노래를 담아주신 주님. 그에게 생명의 힘을 주신 내 주님, 하느님.

나에게도 육체의 악마가 쏘는 걱정과 두려움의 화살로부터

벗어나 주님을 찬양하는 노래를 부르게 하소서.

사랑하는 벗이여

『파우스트』는 독일의 대문호 괴테가 전 생애를 바처서 쓴 불멸의 희곡입니다.

인간의 선한 본성을 믿는 신에게 맞서 악마 메피스토펠레스는 자신이 파우스트를 유혹하여 파멸시켜 보이겠노라고 내기를 겁니다. 세상의 온갖 지식을 섭렵하고도 절망과 환멸에 빠져 있던 파우스트 앞에 나타난 악마는 달콤한 제안으로 그를 유혹하고, 이에 파우스트는 이 세상의 모든 쾌락을 맛보는 대신 어느 한순간을 향해 "멈춰라, 너는 정말 아름답구나."라고 말하게 되면 악마에게 영원히 자신의 영혼을 내주기로 '계약'을 맺습니다.

악마의 도움으로 젊음을 되찾은 파우스트는 소녀와 사랑에 빠지기도 하고, 전설 속의 미녀를 만나 결혼도 합니다. 전공을 세워 하사받은 불모지를 낙원으로 만들기 위해 노력하던 그는 백 살이 되어 마침내 눈이 멉니다. 그러나 파우스트의 심안은 더욱 밝아지고 이렇게 외치면서 숨을 거둡니다.

"멈춰라, 너는 정말 아름답구나."

이 말을 들은 메피스토펠레스는 자신이 승리했다고 착각하지만 천사들이 그의 영혼을 천상으로 데려감으로써 파우스트는 구원을 얻게 되고, 극은 다음과 같은 천사들의 합창으로 대단원의 막을 내립니다.

'모든 회개하는 연약한 자들아,
저 구원의 눈길을 우러러 보라.
감사드리며 저 거룩하신
신의 섭리를 따르라.
보이지 않는, 보다 순수한
의식으로 찬미할지니,
우리의 동정녀, 어머니, 여왕이시여,
길이길이 베푸소서.
일체의 무상한 것은 한갓 비유일 뿐
미칠 수 없는 것 여기서는 실현되고
말할 수 없는 것 여기서는 이룩되었네.
영원한 여성은 우리를 이끌어 올리리라.'

광야에 나아가서 40일을 단식하시고 그 어떤 예언자보다 율법을
꿰뚫고 있었던 악마의 유혹을 받는 주님의 모습은 파우스트보다
훨씬 소설적입니다.
하느님의 아들인 주님을 유혹하려는 악마의 모습 역시 메피스토
펠레스보다도 훨씬 극적입니다. 악마와 싸우는 주님의 모습을 통
해서 우리가 깨달아야 할 최대의 교훈은 악마의 실재입니다. 그
러나 악마가 던지는 최고의 유혹은 악마 스스로가 외치는 자신의

부재不在인 것입니다. 악마는 분명히 실존하고 있으면서도 자신을 하나의 상징일 뿐이라고 끊임없이 설명하고 있습니다. 따라서 현대인들은 악마가 없다고 믿고 있습니다.

그러나 악마는 분명히 있습니다.

하느님은 한 번도 자신이 존재하지 않는다고 말씀하신 적이 없습니다. 모세가 물었을 때 하느님은 "나는 있는 나다."라고 말씀하신 후 "'있는 나'께서 나를 너희에게 보내셨다 하여라."(탈출기 3, 14)라고 하시며 분명히 자신을 드러내십니다. 그러나 악마는 자신의 본성인 거짓말을 통해 '나는 곧 없다'고 정의하고 있습니다. 문제는 악마가 '자신은 없는 자'라고 정의함으로써 하느님도 존재하지 않는다는 무신론無神論의 동반부재를 성공시키고 있다는 것입니다. 20세기의 비극은 악마의 이 거짓말이 하나의 정설이 되어 전쟁, 폭력, 빈곤, 성적 타락 등 인간의 영혼을 병들게 하는 악마의 독소를 대 유행시킨 데서 비롯된 것입니다.

그렇습니다. 악마 메피스토펠레스가 현대인에게 던지는 제4의 유혹, 그것은 바로 이것입니다.

'악마는 없다.'

사랑하는 벗이여

1968년 4월. 미국 테네시 주의 멤피스 시에서 흑인 청소부의 파업을 지원하기 위해서 연설을 하던 흑인 지도자 마틴 루터 킹 목사는 괴한이 쏜 총탄에 쓰러져 숨을 거둡니다. 킹 목사는 생전에 다음과 같이 말하였다고 합니다.

"모든 성서의 핵심은 요한복음 3장 16절에 압축되어 있다."

'하느님께서는 세상을 너무나 사랑하신 나머지 외아들을 내주시어, 그를 믿는 사람은 누구나 멸망하지 않고 영원한 생명을 얻게 하셨다.'(요한 3, 16)

이 복음의 말씀처럼 하느님은 이 세상을 너무나도 극진히 사랑하셨기 때문에 하나뿐인 외아들을 우리에게 바치셨습니다.

그 외아들 예수는 "친구들을 위하여 목숨을 내놓는 것보다 더 큰 사랑은 없다."(요한 15, 13)라고 선언한 다음 친구인 우리들을 위해 자신의 목숨을 아낌없이 바침으로써 사랑을 실천합니다.

이는 유명한 동화작가 쉘 실버스타인의 『아낌없이 주는 나무』라는 작품을 떠올리게 합니다.

한 소년과 나무가 있었습니다. 어린 소년은 나무에서 그네를 타고 나무 위를 오르면서 함께 놀았습니다. 나무는 행복했습니다. 소년이 자라서 청년이 되었을 때 여인과 둘이서 나무 그늘로 찾아와 사랑을 하였습니다. 두 사람이 결혼을 하여 집을 짓게 되었을 때 나무는 자신의 가지를 베어 집을 만들어 주었습니다. 나무는 행복했습니다. 중년이 된 소년은 멀리 배를 타고 바다로 나아가고 싶어 하였습니다. 나무는 아낌없이 자신의 모든 것을 주고 배를 만들도록 하였습니다. 소년은 배를 타고 멀리 떠났으며 나무는 이제 그루터기만 남게 되었습니다.

먼 후일 노인이 된 소년은 다시 돌아왔습니다. 노인은 나무 그루터기에 앉아서 노후를 보냈습니다. 나무는 참 행복했습니다.

사랑하는 벗이여.

우리는 사랑한다는 말을 자주 사용합니다. 그러나 자기의 가장 소중한 것까지 아낌없이 주는 나무처럼 다 줄 수 있을 때에야 비로소 사랑이란 말을 사용할 수 있을 것입니다.

하느님이 우리를 얼마나 사랑하시는지는 그가 가장 '사랑하는 아들, 마음에 드는 아들'인 예수까지 우리에게 보내어 십자가에 못 박혀 죽게 한 사실을 보아서라도 알 수 있습니다.

그렇습니다. 하느님은 곧 사랑이십니다.

윌리엄 워즈워스의 수없이 많은 작품들 중에서 가장 유명한 시는 단연 〈무지개〉입니다.

'하늘에 걸린 무지개 바라볼 때면
내 가슴은 설레인다.
나 어렸을 때도 그러했고
어른이 된 지금도 그러하며
늙어서도 그러하리.
그렇지 않다면 차라리 죽는 게 나으리라.
아이는 어른의 아버지
바라노니 내 목숨의 하루하루가
천성의 경건함 속에 머물기를.'

무지개를 바라볼 때 가슴이 설레던 어린 시절의 감동이 만약 나이가 들어 사라져서 감동할 줄 모르는 무의미한 인생을 살게 된다면 차라리 죽는 편이 좋으며, 인생의 하루하루를 어린아이와 같은 순수한 동심으로 살 수 있음이야말로 '천성의 경건함'이라고 워즈워스는 노래하고 있는 것입니다.

주님을 찬양한 마리아의 노래는 흔히 '마니피캇'이라고 합니다. 그것은 '마리아의 노래' 맨 앞부분이 '내 영혼이 주님을 찬양하며'로 시작되는데 '찬양하다'는 라틴어로 'Magnificat'이므로 그렇게 불리는 것입니다.

원래 이 노래는 마리아가 읊은 것이 아니라 그 당시의 유행하던 노래라는 것이 정설로 되어 있습니다. 구약에 나오는, 오랜 기도 끝에 '사무엘'을 얻은 어머니 한나의 노래 '제 마음이 주님 안에서 기뻐 뛰고 제 이마가 주님 안에서 높이 들립니다'(1사무 2, 1)를 본 따 만든 이 노래를 누가 언제 지었느냐는 중요한 것이 아닙니다. 하느님을 찬양하는 기쁨과 자신을 선택해 주신 하느님에 대한 고마움, 가난하고 힘없는 사람들에 대한 하느님의 보살핌을 찬양한 이 마리아의 노래야말로 하느님을 믿는 바로 우리들의 노래이기 때문입니다.

워즈워스가 '하늘에 걸린 무지개 바라볼 때면 내 가슴은 설레인다'고 노래하였듯 마리아는 '내 영혼이 주님을 찬송하고 내 마음이 나의 구원자 하느님 안에서 기뻐 뛴다'고 노래하고 있습니다. 워즈워스가 노래한 '하늘에 걸린 무지개'야말로 '하늘에 계신 우리 아버지 하느님'이신 것입니다.

하느님을 생각하면 가슴이 설레며 그것은 내가 어렸을 때도 그러하였고 지금도 그러합니다. 그리고 나 늙어진 다음에도 그러할 것입니다.

바라옵나니, 우리 목숨의 하루하루를 천성의 경건함으로

채워 주소서.

사랑하는 벗이여

그리스가 자랑하는 니코스 카잔차키스는 『그리스인 조르바』란 소설로 우리나라에서도 잘 알려진 사람입니다. 평생을 신神, 영혼, 자유, 죽음과 같은 문제에 매달려 온 이 작가는 1953년 70세에 이르러 『그리스도 최후의 유혹』이란 작품을 발표합니다. 카잔차키스는 예수께서 광야로 나가서 악마의 유혹을 받았던 장면에서 이 작품의 구상을 떠올렸던 것입니다.

예수께서는 악마로부터 세 가지의 유혹을 받습니다.

그 첫 번째는 '돌더러 빵이 되라'고 해 보라는 황금의 유혹입니다. 물질의 유혹을 물리친 예수께 악마는 세상의 모든 왕국을 보여 줌으로써 명예와 쾌락의 미끼를 던집니다. 이 유혹 역시 물리친 예수께 악마는 마지막으로 '하느님과 대등한 힘'을 가져 보라고 절대 권력의 덫을 던집니다. 주님께서는 악마의 이 세 가지 유혹을 물리침으로써 마침내 "회개하여라, 하늘나라가 가까이 왔다."(마태 4, 17)는 전도를 시작하게 되는 것입니다.

그러나 아직 악마의 유혹이 끝이 난 것은 아니었습니다. 루카복음은 이를 분명하게 기록하고 있습니다.

'악마는 모든 유혹을 끝내고 다음 기회를 노리며 그분에게서 물러갔다.'(루카 4, 13)

카잔차키스는 바로 이 한 구절에서 소재를 떠올린 것입니다. 그는 모든 유혹을 물리친 예수께 다음 기회를 노리면서 떠나간 악마가 도대체 무슨 방법으로 유혹하였을까 하고 깊이 생각하였던 것입니다. 물론 루카는 분명히 '다음 기회를 노렸다'고 기록하고 있지만 그 다음 기회가 언제라고는 밝히지 않고 있습니다. 따라서 카잔차키스는 이 다음 기회의 유혹을 작가적 상상력으로 소설화하였던 것입니다.

그는 예수께서 십자가에 못 박히셨을 때 그 고통 속에서 악마가 찾아오는 것을 마지막 유혹으로 보았습니다. 악마는 황금과 명예와 권력을 물리친 예수께 이번에는 평범한 일상생활을 보여 줍니다. 예수께 마리아와의 결혼 생활을 보여 주면서 사랑하는 여인 마리아와 아이를 낳아 기르는 단란한 가족의 모습을 보여 주는 것입니다.

카잔차키스는 이 '평범한 가족의 유혹'이야말로 최후의 유혹이라고 생각했던 겁니다.

이 작품은 예수를 지나치게 인성人性으로 보았다 하여 그 다음 해에 교황청으로부터 금서 목록에 오르게 됩니다.

저 역시 예수를 인간으로만 파악하려는 니코스 카잔차키스의 지나치게 주관적인 시각에 대해서는 동의하지 않지만 '다음 기회를 노리며 그분에게서 물러갔다'는 그 한 구절에서 예수께 찾아온 그 마지막 유혹이 무엇일까 고민한 그의 작가적 통찰력에 대해서만은 경의를 표합니다.

벗이여.

주님께 찾아온 악마의 마지막 유혹은 도대체 무엇이겠습니까.

혹시 카잔차키스의 기도문 속에 답이 있을까요.

"나는 당신의 손에 쥐어진 활입니다.

주님, 내가 썩지 않도록 나를 당기소서.

나를 너무 세게 당기지는 마옵소서.

나는 부러질까 두렵습니다.

나를 힘껏 당기소서, 주님.

내가 부러진들 무슨 상관이 있겠습니까?"

사랑하는 벗이여

"죽느냐, 사느냐 그것이 문제로다. 어느 쪽이 더 사나이다울까.
가혹한 운명의 화살을 받아도 참고 견딜 것인가, 아니면 힘으로
막아 싸워 이길 것인가."

영국의 문호 윌리엄 셰익스피어가 쓴 세계적인 명작 『햄릿』에 나
오는 명대사입니다. 이 희곡에는 전형적인 비극의 인물로 복수의
화신인 덴마크의 왕자 햄릿이 등장하는데 극중 내내 고민하는 햄
릿은 결국 복수 끝에 비참한 최후를 맞게 됩니다. 죽느냐 사느냐
의 선택에서 방황하는 햄릿은 흔히 현대인의 상징으로 비유됩니다.
현대인들은 햄릿처럼 언제나 어디서나 항상 선택을 강요받고 있
습니다. 따라서 20세기의 철학자들은 현대인들을 자유선택에 맡
겨진 '선택의 인간'이라고까지 표현하고 있습니다.
그런데 성서를 보면 주님께서 우리가 이해하지 못할 선택을 하신
모습을 자주 볼 수 있습니다. 그중에 하나가 주님께서 요한으로
부터 세례를 받는 장면입니다.
오죽하면 요한이 '제가 선생님께 세례를 받아야 할 터인데 선생
님께서 저에게 오시다니요?'(마태 3, 14)하고 물었겠습니까. 하느
님의 아드님이신 주님의 신발 끈조차 풀어 드릴 자격이 없다고

스스로 고백하였던 요한으로부터 세례를 받은 것은 정말 이해할 수 없는 선택입니다. 더욱이 사람들은 요한을 찾아가 자기의 죄를 고백해야만 세례를 받을 수 있었습니다.

주님은 천지가 생겨나기 전부터 하느님과 함께 계시던 말씀이자 생명이자 빛이시므로 죄의 어둠은 있을 수가 없었던 하느님 그 자체였습니다. 그러므로 고백할 죄가 없는 예수께서 세례를 받으러 오시자 요한은 몹시 당황했던 것입니다. 요한이 사양하자 주님은 말씀하셨습니다.

"이렇게 해야 하느님께서 원하시는 모든 일이 이루어진다."(공동번역 마태 3, 15)

하느님께서 원하시는 일, 그 일들이 바로 성서에 나오는 주님께서 하신 이해할 수 없는 선택의 단 하나 이유인 것입니다.

주님께서는 하느님께서 원하셔서 사람의 아들이 되어 초라한 말구유에 누우셨습니다. 주님께서는 하느님께서 원하셨으므로 자신의 뜻대로가 아니라 아버지의 뜻을 좇아서 우리의 죄를 대신해서 십자가에 못 박혀 돌아가셨습니다. 마찬가지로 주님께서는 죄 많은 인간들과 하나가 되시기 위해서 스스로 죄인이 되어 세례를 받으셨던 것입니다. 우리들이 죄를 씻기 위해서 세례를 받았다면 주님께서는 오히려 우리와 같은 죄인이 되기 위해서 세례를 받으셨던 것입니다. 이것이 바로 하느님이 선택하신 길임을 주님은 깨닫고 계셨던 것입니다. 그에 비하면 우리들은 '하느님의 일은 생각하지 않고 사람의 일만 생각하는' 베드로의 제자들입니다. 주님께서 베드로에게 "사탄아, 물러가라."라고 말씀하신 것은 베드로가 하느님의 길보다 사람의 길을 선택했기 때문입니다.

그렇습니다. 그리스도를 믿는 우리들도 햄릿처럼 항상 두 가지 중의 하나를 선택하여 고민하지 않으면 안 됩니다.

"하느님의 일이냐, 아니면 사람의 일이냐, 그것이 문제로다."

주님은 항상 하느님이 원하는 일을 선택하심으로써 우리들에게 그 정답을 몸소 행동으로 실천하여 보여 주신 것입니다.

사랑하는 벗이여

기 드 모파상의 소설 중에 〈목걸이〉라는 작품이 있습니다.

마틸드는 호화로운 생활을 꿈꾸며 사는 여자였습니다. 그러나 그녀의 남편은 말단 직원. 어느 날 두 사람은 장관이 주최하는 파티에 초대됩니다. 남편은 아껴 두었던 돈으로 옷을 사 주었습니다. 그러나 마틸드는 "옷에 장식할 보석 하나 없이 파티에 참석할 수는 없어요." 하고는 친구인 프레스체 부인에게 값비싼 진주 목걸이(원작품에는 다이아몬드 목걸이)를 빌립니다. 파티에 참석한 부인은 누구보다 아름다웠습니다. 남자들은 누구나 마틸드와 춤을 추고 싶어 안달이었습니다. 새벽녘에 파티가 끝나고 집으로 돌아왔을 때 마틸드는 자신의 목에서 목걸이가 없어진 것을 발견하게 됩니다. 어쩔 수 없이 그들 부부는 전 재산을 처분하고 모자라는 돈은 빚을 얻어 빌렸던 목걸이와 똑같은 물건을 사서 프레스체 부인에게 돌려줄 수밖에 없었습니다. 그리고 나서 두 사람은 빚을 갚기 위해 10년이나 갖은 고생을 하게 됩니다. 빨래 일을 하며 더러운 곳에서 먹을 것도 제대로 못 먹고 사는 동안 마틸드의 그 아름답던 얼굴은 비참한 모습으로 바뀌어 갔으며, 머리카락은 어느새 반백이 되었습니다. 마침내 빚을 다 갚았을 무렵 우연히 프레스체 부인을 만나게 되자 마틸드는 다소 자랑스레 그간 있었던 일을 고백하게 됩니다. 얘기를 다 들은 프레스체 부인은 이렇게 말을 합니다.

"내게 돌려준 그 목걸이 값을 갚느라 10년이나 고생을 했단 말이에요? 이를 어째, 마틸드. 그 목걸이는 싸구려 가짜였어요."

주님은 우리들에게 하늘나라의 신비를 가르쳐 주기 위해 매순간 갖은 노력을 다 하십니다.

주님은 '씨 뿌리는 사람'의 비유를 통해 하늘나라를 설명하시는 것을 시작으로 가라지, 겨자씨, 누룩 등 주위에서 흔히 볼 수 있는 소재로 비유하시다가 마침내 사람이면 누구나 갖고 싶어 하는 보물, '진주'의 비유로서 하늘나라를 설명하십니다.

"하늘나라는 좋은 진주를 찾는 상인과 같다. 그는 값진 진주를 하나 발견하자, 가서 가진 것을 모두 처분하여 그것을 샀다."(마태 13,45-46)

우리들의 인생이란 주님의 말씀처럼 좋은 진주 하나를 찾아다니는 것에 비유할 수 있을 것입니다. 그러나 우리들이 찾아다니는 진주들은 대부분 모파상의 소설처럼 가짜입니다. 그 진주는 가짜이므로 오히려 진짜보다 더 화려하며 하룻밤의 무도회에서는 샹들리에 불빛 아래서 눈부시게 반짝일 것입니다. 가짜 목걸이에 몰려드는 인기와 갈채야말로 우리들을 황홀하게 만듭니다. 그러나 그것은 단 하룻밤에 지나지 않습니다.

주님.

우리는 가짜 목걸이에 취해 아까운 인생을 허비하며 가짜 인생을

살아가고 있습니다.

주님의 말씀이야말로 진짜 진주 목걸이입니다.

어느 도시의 광장에 '행복한 왕자'란 동상이 서 있었습니다. 눈은 보석으로 빛나고 온몸은 황금으로 찬란한 동상이었습니다. 어느 해 가을, 따뜻한 남쪽으로 날아가던 철새 중의 하나가 그만 부상을 입고 잠시 이 동상에 머물며 쉬고 있었습니다. 그날 밤, 동상 위에서 잠들어 있던 새는 차가운 물방울에 잠에서 깨게 됩니다. 새는 그 물방울이 왕자가 흘리는 눈물임을 알게 되었으며, 그 이유를 묻습니다. 그러자 그 왕자는 다음과 같이 대답합니다. "이 도시에 살고 있는 불쌍한 병든 아이 때문에 울고 있단다." 그리고 왕자는 새에게 이런 부탁을 합니다. "내 눈에 박힌 보석을 그 아이에게 날라다 주지 않겠니?"

새는 왕자의 눈에 박힌 보석을 부리로 물어다가 그 가난한 아이에게 가져다줍니다. 눈먼 왕자는 계속 자신의 몸을 감싸고 있는 황금을 가난한 사람들에게 나눠 주기를 원했으며, 새는 왕자의 소원대로 황금을 뜯어내어 사람들에게 나누어 줍니다. 그리고 새는 밤마다 눈먼 왕자에게 자신이 한 행동을 낱낱이 얘기해 주곤 했습니다. 그제야 '행복한 왕자'라는 이름을 가진 동상은 진정으로 행복한 왕자가 될 수 있었던 것입니다.

그러나 아름답던 왕자의 동상은 어느새 도시의 흉물로 변하고 말았습니다. 보석이 떨어져 나가고 황금으로 감싼 겉면이 사라지자 흉측한 모습으로 변한 왕자는 시장에 의해서 마침내 헐려지고 철새 역시 찾아온 추위 때문에 얼어 죽게 됩니다. 그러나 왕자의 영혼과 새의 영혼은 나란히 천국으로 올라가게 됩니다.

아일랜드 더블린에서 태어난 영국의 시인이자 소설가인 오스카 와일드의 동화 〈행복한 왕자〉의 줄거리입니다.

주님은 말씀하셨습니다.

"참새 두 마리가 단돈 한 닢에 팔리지 않느냐? 그러나 그런 참새 한 마리도 너희의 아버지께서 허락하지 않으시면 땅에 떨어지지 않는다. 너희는 수많은 참새보다 훨씬 더 귀하다."(공동번역 마태 10, 29-31)

주님의 말씀처럼 하느님은 한갓 참새 한 마리도 함부로 땅에 떨어뜨리지 않습니다. 참새뿐 아니라 부러진 갈대 하나도 함부로 잘라 버리지 않으시고 심지가 깜박거린다 하여 등불조차 함부로 꺼 버리지 않으십니다.

오스카 와일드의 〈행복한 왕자〉는 주님의 이러한 사랑을 극명하게 보여 주고 있습니다. 그렇게 보면 주님은 도시의 광장 한복판에 서 있는 행복한 왕자 그 자신일지도 모릅니다. 가난한 사람을 위해 자신이 가진 것을 모두 나눠 주는 왕자의 마음이야말로 주님의 성심이며 주님의 사랑을 날라 주다 죽은 철새의 희생이야말로 '귀에 대고 속삭인 말을 지붕 위에서 선포한' 순교인 것입니다.

그러므로 진실로 행복한 것은 왕자가 아니라 철새였던 것입니다.
왜냐하면 새의 육신은 죽었지만 영혼은 천국으로 인도되었기 때
문입니다.

사랑하는 벗이여.
오스카 와일드의 동화처럼 철새 한 마리의 영혼도 구원하시는 주
님이 계신데 우리들이 더 이상 무엇을 두려워하겠습니까.

사랑하는 벗이여

영국이 낳은 천재적 뮤지컬 작곡가인 로이드 웨버의 작품 중에 〈지저스 크라이스트 슈퍼스타〉가 있습니다. 그는 〈캣츠〉〈에비타〉〈오페라의 유령〉과 같은 뮤지컬로도 우리에게 매우 친숙하게 다가옵니다. 40년 넘게 전 세계에서 장기 공연되고 있는 〈슈퍼스타〉는 예수님의 생애를 락 뮤지컬로 만든 기념비적 작품으로 지친 예수님을 품에 안고 부르는 여주인공의 아리아가 유명합니다.

'어떻게 그를 사랑해야 하나.
어떻게 그이 마음을 움직일 수 있을까.
지난 며칠간 나는 변했어. 정말로 변했어.
마치 난 딴 사람이 된 것 같아.
어떻게 해야 하나.
그가 왜 내 마음을 끄는 것일까.
그는 다만 한 남자일 뿐인데,
전에도 나는 많은 남자를 알았어.
그도 역시 한 남자일 뿐인데…'

예수님을 향해 이렇게 사랑을 노래하는 여인은 다름 아닌 마리아

막달레나입니다.

그녀는 매춘부였으며 죄인이었습니다. 그녀는 충격적인 장면으로 성서에 첫 등장합니다. 성서에 많은 죄인들이 나오지만 그녀야말로 가장 무거운 죄인일 것입니다. 왜냐하면 그녀는 '간음하다가 현장에서 잡힌' 현행범現行犯이기 때문입니다.

"그녀를 어떻게 하면 좋겠습니까." 하고 율법학자들이 물었을 때 주님은 말없이 땅바닥에 무엇인가를 쓰십니다. 저는 성서의 모든 글 중에서 이 장면을 가장 좋아합니다. 이 장면을 머릿속에 떠올리면 저는 주님의 그 넘치는 사랑에 심장이 터질 것만 같습니다. 그 어떤 질문에도 막힘이 없으셨던 주님이 땅바닥에 무언가를 쓰고 계셨던 겁니다. 그렇다면 주님은 무엇을 쓰셨을까요. 낙서를 하셨을까요. 아닐 겁니다. 주님께서는 현장에서 잡힌 이 죄인을 변명해 주실 구실이 없어 무척 난감하셨던 것처럼 보입니다. 주님은 이 여인을 살릴 방법을 찾아 땅바닥에 무언가를 쓰시며 심사숙고하셨을 겁니다. 바로 그 깊은 침묵이 이 여인을 살린 것입니다. 사람들이 모두 사라지자 비로소 주님은 고개를 드시고 여인에게 말씀하십니다.

"나도 너를 단죄하지 않는다. 가거라. 그리고 이제부터 다시는 죄 짓지 마라."(요한 8, 11)

나의 주님, 우리의 하느님은 창녀를 죽음에서 구하시고 그녀에게서 일곱 마귀를 쫓아내 주셨습니다. 그 이후부터 이 여인은 주님을 따라다니는 제자가 되었으며 주님께서 못 박혀 돌아가실 때에도 십자가 곁에 있던 사람이 되었으며, 무덤에 묻히실 때도 끝까지 지켜본 증인이었으며, 부활하시던 날 아침 무덤으로 찾아왔던 첫 사람이었습니다.

그뿐인가요. 부활하신 주님께서 처음 모습을 나타내 보이신 것도 바로 이 여인 앞이었습니다.

주님, 당신은 누구십니까. 거리의 창녀를, 모든 제자들이 다 도망갔을 때도 자신의 무덤을 지켜보는 최후의 증인으로 변화시켰을 뿐 아니라 부활의 기쁜 소식을 처음으로 전하는 복음 전파의 성녀로 변화시킨 당신은 누구십니까. 〈슈퍼스타〉에 나오는 여주인공의 노래처럼 그녀를 딴 사람으로 바꾸어 변하게 한 바로 그 남자, 당신은 도대체 누구십니까. 그녀의 탄식처럼 저 역시 당신을 어떻게 사랑해야 할지 정말 모르겠습니다.

사랑하는 벗이여

주님은 사랑하던 라자로가 죽자 그의 누이들이었던 두 자매 앞에서 눈물을 흘리셨습니다.

그리하여 "나는 부활이요 생명이다. 나를 믿는 사람은 죽더라도 살고, 또 살아서 나를 믿는 모든 사람은 영원히 죽지 않을 것이다."(요한 11, 25-27)라고 말씀하시고는 하느님의 영광을 드러내기 위해서 큰소리로 "라자로야 이리 나와라." 하고 외치심으로써 죽은 라자로를 무덤에서 일으켜 부활해 내신 주님.

라자로를 죽음에서 부활시킨 주님의 놀라운 기적을 통해 신앙에 눈 뜬 러시아의 문호 톨스토이는 일흔 살이 넘는 나이에 마지막 걸작인 『부활』이란 작품을 씁니다.

일찍이 『참회록』에서 그는 다음과 같이 고백하고 있습니다.

"내 젊은 시절은 공명심, 권세욕, 사욕, 애욕, 자만심, 분노, 복수심… 이런 정열에 불태우던 시절이었다. 나는 전쟁에서 숱한 사람을 죽였고 도박을 했으며 유부녀와 간음하였으며 만취, 폭행, 살인 등 저지르지 않은 죄악이 없었다. 내가 글 쓰는 것은 오직 명예와 돈을 얻기 위해서였으며 문인들과 교제함으로써 추파와 아첨을 소나기처럼 덮어쓰고 있었다."

그러나 명성과 부에도 불구하고 톨스토이는 열 번에 가깝도록 자살을 기도합니다. 말년에 톨스토이가 '빛은 어둠 속에서 더욱 빛난다'고 고백하였듯 어둠의 무덤 속에 이미 죽어 있던 톨스토이에게 어느 날 "톨스토이야, 나오너라."고 한 마디 함으로써 톨스토이를 부활시킨 빛의 주님. 톨스토이는 이로부터 죽음에서 일어나 새사람이 되어 마침내 『부활』이란 소설까지 쓰게 되지 않았습니까. 우리 모두는 이미 입구는 돌로 막혀 있는 무덤 속에서 죽어있는 사람들입니다. 톨스토이의 표현처럼 '공명심, 권세, 이기심, 애욕, 자만심, 분노, 복수심, 쾌락'의 어둠 속에 갇혀서 우리들의 몸에서는 이미 죽은 사람들의 몸에서나 맡을 수 있는 악취까지나고 있습니다.

주여, 우리를 불쌍히 여기소서.
우리를 위해 눈물을 흘려 주소서.
우리를 세속에서는 죽고 주님 품 안에서만
살아 숨 쉬는 작은 씨앗이 되게 하소서.
우리를 위해 기도하여 주시고 이렇게 큰소리로 외쳐서
우리를 부활시켜 주소서.

"나오너라!"

우리를 위해 눈물을 흘려 주소서.

우리를 세속에서는 죽고 주님 품 안에서만

살아 숨 쉬는 작은 씨앗이 되게 하소서.

사랑하는 벗이여

1960년대 말. 뉴욕에 살고 있던 화가 김환기金煥基는 어느 날 오랜 친구였던 김광섭金珖燮의 시를 읽었습니다. 당시 김환기는 가난과 고독에 지쳐 있었습니다. 그럴 무렵 긴 투병 끝에 놀라운 기적으로 소생한 김광섭이 펴낸 시집에서 그는 눈이 번쩍 띄는 시를 발견하게 됩니다. 시의 제목은 〈저녁에〉. 이 시를 읽은 순간 김환기는 자신이 버림받은 존재라는 것을 이겨내고 그립고 다정한 얼굴들을 생각하며 점과 선이 무수히 반복되어 찍혀지는 점묘화 〈어디서 무엇이 되어 다시 만나랴〉를 그리게 됩니다. 김환기에게 말년의 대표작을 낳게 한 그 시의 내용은 다음과 같습니다.

'저렇게 많은 별 중에서 별 하나가 나를 내려다본다/이렇게 많은 사람 중에서 그 별 하나를 쳐다본다/밤이 깊을수록 별은 밝음 속에 사라지고 나는 어둠 속에 사라진다/이렇게 정다운 너 하나 나 하나는/어디서 무엇이 되어 다시 만나랴'

이 아름다운 시처럼 그대와 나는 그 많은 별 중에서 내가 점찍은, 또한 그대의 별이 그 많은 사람 중에서 나만을 점찍은 이 순간만의 절대적인 만남의 정다운 존재인 것입니다. 이렇게 정다운 너 하나 나 하나는 밝음과 어둠이며 그야말로 절대의 운명입니다. 주님에게 있어 죽음은 우리들이 생각하는 그런 것이 아닙니다. 죽음이 우리들에게는 멸망이요 영원한 작별이며 떠돌며 우는 슬픈 일이지만 주님에게 있어서 죽음은 부활이며 영원한 만남이며 다만 잠을 자고 있는 것일 뿐입니다. 어린 소녀가 죽었을 때도 라자로가 죽었을 때도 주님은 죽음이라는 표현을 하지 않고 다만 잠들어 있어 그들을 깨워야겠다고 하셨습니다.

주님에게 있어 죽음은 다만 영적으로 '죽은 자'를 말할 뿐입니다. 그래서 주님은 "죽은 자들의 장례는 죽은 자들에게 맡거라."(공동번역 마태 8, 22)고 말씀하셨던 것입니다. 당나라의 선사 조주趙州도 제자가 죽자 장례 행렬을 따라가면서 말했습니다. "수많은 죽은 사람들이 단 하나의 산 사람을 따라가고 있구나." 그렇게 보면 김광섭의 시처럼 죽음은 정다운 우리가 무엇이 되어 다시 또 만날 수 있는 그 어디일지도 모릅니다.

주님 나의 하느님. 우리가 주님의 뜻을 밝히는 밤하늘의 별이 되어 그 어디에서 주님을 다시 만날 수 있도록 잠든 우리의 손을 잡으시고 이렇게 말씀하여 주소서.

"탈리타 쿰(일어나라)! "(마르 5, 41)

한 소년이 있었습니다. 그는 태어날 때부터 유난히 머리가 무거워 곧잘 넘어지곤 하였습니다. 어느 날 소년이 계단에서 또 굴러 떨어졌습니다. 그 충격으로 머리가 깨어졌는데 상처를 치료하던 부모는 깜짝 놀랐습니다. 알고 보니 소년의 뇌가 온통 황금으로 되어 있었기 때문입니다. 소년이 남에게 해를 입을까 걱정한 부모는 소년이 18살 청년이 되었을 때에야 이 비밀을 털어놓습니다. 그러고는 이렇게 말을 합니다.

"너를 이만큼 키워 줬으니 네 머리의 반을 다오."

결국 청년은 머리의 반을 떼어 주고 부모의 곁을 떠나 집을 나옵니다. 황금의 머리를 가진 청년은 그 머리 때문에 남에게 약탈당하기도 하고 온갖 사기를 당하여 머릿속의 황금을 거의 모두 잃고 맙니다. 그러던 어느 날, 청년은 병에 걸려 죽어 가는 한 여인과 사랑에 빠지게 됩니다.

늦은 밤이었습니다. 보석점 주인이 막 상점의 문을 닫으려는 순간 온통 머리가 피로 물든 채 황급히 들어온 청년은 움켜쥐고 있던 손을 활짝 펴고 피 묻은 금 쪼가리를 주인에게 내밉니다. 그리고 숨을 가삐 몰아쉬며 이렇게 말하는 것이었습니다.

"제발, 이 금을 사 주십시오. 도와주십시오."

이 동화같은 단편소설은 알퐁스 도데가 쓴 〈황금의 머리를 가진 사나이〉로, 내 어린 시절의 강한 인상으로 남아 있습니다. 자신이 가진 모든 황금을 다 남에게 주고 마침내 사랑하는 여인마저 죽어 가자 절망에 빠진 채 필사적으로 몇 조각 남아 있지 않은 금을 긁어모으기 위해 머리에서 피를 흘리던 가엾은 청년의 모습은 상상하는 것만으로도 가슴이 저려 옵니다.

주님께서는 최후의 만찬을 제자들과 함께 나누고 나서 마침내 유언을 하십니다. 이 최후의 유언이야말로 주님의 말씀 중에서 뼈 중의 뼈이며, 살 중의 살인 것입니다. 오죽하면 주님 스스로가 우리에게 이렇게 말씀하시지 않았습니까.

"내가 너희에게 새 계명을 준다."

주님이 주신 새 계명, 그것은 바로 '서로 사랑하여라'입니다.

하지만 서로 사랑하여 원수까지도 사랑하라는 주님의 말씀이 훌륭한 줄은 알겠지만 과연 사랑이 무엇인지 정말 모르겠습니다.

벗이여, 무엇이 사랑입니까. 사랑하면서도 사랑하는 방법을 모르는 우리들이야말로 눈 뜬 장님이 아니겠습니까. 그런 우리들에게 주님은 한 가지 조건까지 내거십니다.

"내가 너희를 사랑한 것처럼 너희도 서로 사랑하여라."(요한 13, 34)

주님은 우리를 대신해서 아무런 죄도 없이 십자가에 못 박혀 돌아가셨습니다. 그 십자가야말로 '서로 사랑하여라' 하고 새 계명을 내리신 주님이 내건 단 하나의 '사랑의 조건'인 것입니다. 십자가 없이 사랑은 이루어지지 않으며 십자가 없이 사랑은 완성되지 않습니다. 그래서 주님께서는 "누구든지 내 뒤를 따라오려면,

자신을 버리고 제 십자가를 지고 나를 따라야 한다."(마태 16, 24)
고 말씀하시지 않았습니까. 주님은 죽어 가는 우리를 살리기 위
해서 자신이 가진 황금을 남김없이 긁어모으고 마침내 피를 흘리
시며 돌아가셨습니다. 주님의 죽음은 곧 사랑입니다. 어리석은
인간들을 너무나 사랑한 나머지 주님은 죽음이란 극단적인 방법
을 통해 사랑의 의미가 무엇인지 몸소 드러내 보여 주셨습니다.
그러므로 신의 형상에 따라 창조된 우리 모두는 주님께 빚을 지
고 있습니다. 그것은 바로 사랑의 실천입니다. 사랑은 나눔이며,
나눔은 기적을 만듭니다.

벗이여.
아아, 이제야 알겠습니다. 어릴 때 읽은 그 소설의 주인공은 바로
주님이었습니다. 피투성이의 황금머리를 가진 사나이, 그 사나이
야말로 예수 그리스도인 것입니다.

사랑하는 벗이여

영국의 문호 찰스 디킨스의 『크리스마스 캐럴』은 '크리스마스 이야기'라는 제목으로 해마다 발표된 5편 중 첫 번째 작품입니다. 주인공 스크루지는 인정이라고는 손톱만큼도 없는 수전노입니다. 그는 크리스마스 전날 밤에 동업자였던 사람의 유령을 만나서 자신의 과거와 현재 그리고 미래의 모습을 보게 됩니다. 이 하룻밤의 꿈을 통해서 어린 날의 상처를 치유하고 죄를 뉘우치게 된 스크루지는 마침내 성탄절 날 아침 꿈에서 깨어난 후 이렇게 탄성을 발합니다.

"아아 어제와 다름없는 오늘 아침인데 내 마음은 왜 이토록 편안하고 새털처럼 가벼울까."

이 유명한 작품을 통해서 디킨스는 '크리스마스 철학'이라는 독특한 자신의 작품관을 표출하고 있습니다.

우리 주님은 이렇게 말씀하십니다.

"좋은 나무는 나쁜 열매를 맺지 않는다. 또 나쁜 나무는 좋은 열매를 맺지 않는다."(루카 6, 43)

이 말은 내가 주님을 믿고 난 후 깨달았던 좋아하는 진리 중의 하나입니다. 사람들은 누구나 좋은 물건을 만들어 내고 싶고 좋은 글을 쓰고 싶으며 좋은 영화를 만들고 싶고 좋은 인생을 살고 싶어 합니다. 그러나 좋은 영화를 만들고 싶다면 우선 그 사람이 좋은 사람이 되지 않으면 안 될 것입니다. 언젠가 영화배우 안성기씨와 만나서 대화를 나누다가 그가 이렇게 물었던 적이 있습니다. "어떻게 하면 좋은 연기를 할 수 있을까요." 그때 나는 주님의 말씀을 인용해서 다음과 같이 대답했습니다. "좋은 사람이 되기를 노력하면 좋은 연기를 할 수 있겠지."

그렇습니다. 우리들의 생각이 우리들의 행동을 낳으며 우리들의 행동이 습관을 낳으며 습관이 성격을 낳으며 성격이 운명을 낳습니다. 그러므로 우리가 진실로 변하려면 우리들의 생각부터 바꾸어 변하지 않으면 안 될 것입니다. 수전노 스크루지도 자신의 생각을 바꿈으로써 어제와 똑같은 성탄절의 아침을 눈부신 기쁨으로 맞이하게 되는 것입니다.

주님의 말씀처럼 우리가 사과의 좋은 열매를 맺고 싶다면 우리가 먼저 좋은 사과나무가 되어야 합니다. 사과나무가 되려면 씨앗인 생각이 사과의 씨앗으로 변화하지 않으면 안 될 것입니다. 우리의 생각이 가시나무의 씨앗으로 머물러 있는데 어떻게 우리가 사과의 열매를 맺을 수 있겠습니까.

좋으신 주님. 좋은 열매를 꿈꾸기 전에 우선 우리가 좋은 나무가 될 수 있도록 은총 주소서. 우리를 좋은 나무로 변화시켜 주소서. 가장 좋은 나무는 바로 나무 십자가임을 깨닫게 하소서.

사랑하는 벗이여

토머스 칼라일은 근대 영국이 낳은 뛰어난 비평가이자 역사가입니다. 그는 37세가 되던 1832년부터 『의상철학』이란 평론을 잡지에 연재하기 시작했습니다. 이 탁월한 평론은 대자연과 우주를 '신의 의상'이라고 결론 내리고 있습니다. 구체적으로 말해서 우리의 육체는 영혼이 입은 하나의 의상이며 자연은 신의 의상이라고 말하고 있으며 끊임없이 변화하는 자연은 신이 의상을 갈아입는 일이며 죽음은 영혼이 자신의 의상을 벗어 버리는 일이라고 말합니다. 그러므로 인간이 만들어 내는 사상, 제도, 상징과 같은 것은 의상에 붙어 있는 단추처럼 있지도 않은 가공의 존재에 불과하다고 말하고 있습니다. 칼라일의 표현처럼 우리의 육체는 우리의 영혼이 입은 하나의 의상에 불과한 것입니다. 남에게 보이기 위한 허세와 허영에 의해서 우리가 값비싸고 화려하며 유행을 따르는 의상을 갈아입듯 우리는 영혼의 문제보다 번쩍이는 의상에 더 많은 신경을 쓰고 있는 쇼윈도의 마네킹과 같은 존재일지도 모릅니다.

앞 못 보는 거지 바르티매오는 길가에 앉아 있다가 예수님이 지나가신다는 말을 듣고 큰소리로 "저에게 자비를 베풀어 주십시오."하고 소리를 지릅니다. 주님께서 걸음을 멈추시고 "그를 불

러오너라." 하시자 눈먼 이는 참으로 이상한 행동을 합니다. 즉시 자신의 '겉옷'을 벗어 버리는 것입니다. 어째서 앞 못 보는 거지가 주님께서 부르시자 자신의 겉옷을 벗어 버렸는지 그것은 참으로 불가사의한 일입니다.

눈먼 이가 자신의 겉옷을 벗어 버린 것은 칼라일이 말했듯이 자신의 허물, 즉 남에게 보이는 '나'의 의상을 벗어 던진 것입니다. 주님의 부르심을 받는 순간 눈먼 이는 무엇보다 먼저 겉옷, 즉 자신의 자아를 벗어 던져 포기한 것입니다. 눈먼 이는 있는 그대로의 벌거숭이로 주님 앞에 나아갔습니다. 이것이 바로 앞 못 보는 눈먼 이의 위대한 믿음인 것입니다.

우리도 주님의 부르심을 받아 그분 앞에 나선 눈먼 자들입니다. 우리가 아직 영혼의 눈을 뜨지 못하고 눈먼 자의 상태에 머물러 있는 것은 자신의 의상, 즉 남에게 보이는 '나'를 벗어 버리지 못한 때문인 것입니다.

내 주, 내 하느님.

나의 모든 것.

사랑이라는 말조차 입에 담기 어려운 내 구세주 예수.

나보다 더 나를 사랑하는 주님.

주님 앞에 나아갈 때마다 눈먼 바르티매오처럼 겉옷을 벗어 버리고 알몸으로 벌떡 일어나 달려갈 수 있는 믿음을 허락하셔서 내 영혼의 눈이 심봉사처럼 활짝 열릴 수 있는 은총을 내려 주소서.

사랑하는 벗이여

외젠 이오네스코는 프랑스의 극작가로, 현대인들의 마음 밑바닥에 깔려 있는 알 수 없는 불안감을 전위극으로 표현했던 이른바 '앙티 테아트르anti-théâtre' 즉 반연극反演劇의 거장입니다. 그가 39세 되던 해 발표한 『의자들』이란 희곡은 그를 부조리극의 대표적인 작가로 인정받게 했습니다.

얼른 보면 난해한 작품처럼 보이지만 실상은 아주 풍자적인 이 희곡에는 나이를 알 수 없는 두 노부부만 무대 위에 등장할 뿐 무대 위에 등장하는 것은 단지 '의자들'뿐입니다. 이 노부부는 초대받은 손님들이 올 때마다 무대 위에 의자들을 갖다 놓습니다. 무대 위에는 끊임없이 귀족, 귀부인, 경시총감과 같은 높은 사람들이 몰려드는데 그럴 때마다 노부부는 "어서 오십시오." 하고 인사를 하면서 의자들을 갖다 놓습니다. 그 의자에는 우리의 눈에는 보이지 않는 수많은 사람들이 앉아 있는 것으로 설정되어 있지만 실제로 보이는 것은 빈 의자들뿐입니다. 결국 무대 위에는 빈 의자들만 늘어나게 됩니다.

이오네스코는 이 전위극을 통해서 인간을 하나의 도구로 형상화하고 있습니다. 인간의 지위라든가 명예라든가 그런 것은 없고 다만 있는 것은 하나의 도구인 '의자들'뿐이라는 강력한 충격을 우리에게 주고 있는 것입니다.

주님께서는 사람들이 저마다 윗자리에 앉으려는 것을 보시고 '윗자리에 앉지 마라'고 말씀하셨습니다. 그렇게 말씀하시면서 "누구든지 자신을 높이는 이는 낮아지고 자신을 낮추는 이는 높아질 것이다."(루카 14, 11)라고 덧붙이셨습니다.

우리 개개인은 주님의 절대적인 사랑과 지지를 받고 있는 소중한 존재들입니다. 인간에게는 원래부터 높은 사람, 낮은 사람의 구별이 없습니다. 있는 것은 다만 높은 자리와 낮은 자리만 있을 뿐입니다. 높고 낮은 것은 높여진 위치의 차이뿐입니다. 그럼에도 불구하고 우리는 높은 자리에 앉으면 우리가 높은 사람이 된다고 착각합니다. 그렇게 보면 인간에게 있어 권력과 명예와 부의 싸움은 이오네스코가 표현하였듯 하나의 의자 싸움에 불과할지도 모릅니다. 그럼에도 높은 자리에 앉은 사람은 언제까지나 그 자리를 독점하려 하며 낮은 자리에 앉은 사람은 높은 자리를 차지하려고 호시탐탐 노리고 있음으로 해서 인간의 비극이 시작되는 것입니다.

주님, 저를 낮은 자리에 앉게 하소서.
주님, 저를 의자의 노예가 되지 않도록 도와주소서.

사랑하는 벗이여

프란시스 톰슨은 영국의 시인으로 특이한 생애를 보낸 사람입니다. 그는 일찍 성직자를 희망하여 신학교에 들어갔다가 환속하였으며 다시 의사가 되기를 꿈꾸었으나 모두 이루지 못하고 마침내 26세에 방랑생활을 시작합니다. 빈민굴을 헤매던 그를 편집자인 메이넬이 발견하여 글을 쓰도록 하였는데 이때 쓴 시가 그 유명한 〈하늘의 사냥개〉입니다.

'나는 그에게서 도망쳤다, 수많은 밤과 낮을/그에게서 도망쳤다, 수많은 세월의 아치를 지나/나는 도망쳤다, 눈물로 뿌옇게 흐려진 눈으로/내 마음의 얽히고설킨 미로를 헤매며/나는 몸을 숨겼다, 그러나 뒤쫓아 오는 웃음소리/환히 트이는 희망을 향해/나는 쏜살같이 날아올랐고/그러나 끊임없이 쫓아오는/저 힘센 발자국 소리에 붙들려/입 벌린 공포의 거대한 어둠 속으로 추락했다/서두르지 않고, 흐트러짐 없는 걸음으로/신중한 속도, 위엄 어린 긴박감으로/그 발자국 소리는 울려 왔다/이어 그보다도 더 절박하게 울려오는 한 목소리/"나를 저버린 너는 모든 것으로부터 저버림을 당하리라…"'

〈하늘의 사냥개〉란 시의 한 구절을 읽어 보면 웃음소리와 희망을 버리고 하느님으로부터 도망치는 톰슨의 영혼과 서두르지 않고 흐트러짐 없는 힘센 두 발로 계속 쫓아오는 사냥개와 같은 하느님의 존재와 그분의 목소리를 분명히 느낄 수 있습니다.

"너는 모든 것으로부터 저버림을 당하리라."

'돌아온 탕아'의 비유는 성경 속에서 가장 잘 인용되는 구절로, 톰슨의 〈하늘의 사냥개〉를 떠올리게 합니다. 작은 아들은 톰슨처럼 먼 고장으로 떠나갑니다. 그는 알거지가 되었지만 계속 도망치려 합니다. 결국 돼지나 먹는 열매 꼬투리로 배를 채우기를 간절히 바랐지만 아무도 주지 않자, 아들은 비로소 도망가기를 멈추고 아버지에게로 몸을 돌립니다. '아버지, 제가 하늘과 아버지께 죄를 지었습니다'(루카 15, 18)라고 몸을 돌린 순간, 아버지는 아들을 용서하고 성대한 잔치를 벌여 주십니다.

아들이 아버지에게 몸을 돌린 바로 그 순간이야말로 죽음에서 새 생명이 탄생되는 순간이기 때문입니다. 하느님의 사냥개로부터 숨을 곳이 절대 없는 것을 알면서도 톰슨은 계속 도망쳐 결국 빈민굴에서 아편 중독과 결핵으로 숨을 거두게 됩니다.

그렇습니다. 피할 곳은 그 어디에도 없습니다. 아버지에게서 도망칠수록 아들은 모든 것에서 저버림을 받게 될 것입니다.

주님.

죽을죄를 진 내 손에 가락지를 끼워 주고 내 발에 꼬까신을

신겨 주신 아버지 내 하느님. 이제 탕자인 내가 돌아왔으니

나를 보호하시어 아버지의 집에 계속 머물 수 있기에

합당한 자가 되게 하소서.

사랑하는 벗이여

영국의 시인 T. S. 엘리엇은 20세기 문학에 절대적인 영향을 준 금세기 최고의 시인입니다.

'그러면 우리 갑시다, 그대와 나/지금 저녁은 마치 수술대 위에 에테르로 마취된 환자처럼/하늘을 배경으로 펼쳐져 있습니다'로 시작되는 〈프루푹의 연가〉로 문명文名을 얻고 유명한 '사월은 가장 잔인한 달/죽은 땅에서 라일락을 키워 내고'로 시작되는 시 〈황무지〉로 정상을 굳혔습니다.

어렸을 때부터 그리스도교적 이상주의에 불타고 있던 가족들에게서 영향을 받은 엘리엇은 결국 그리스도교 사상가로서의 면모가 모든 시 속에 엿보입니다.

특히 56세, 비교적 말년에 쓴 시집 『4중주』는 음악의 형식을 시에 원용해 보고 싶다고 생각해 왔던 엘리엇이 실내악의 형식을 빌려 완성한 가장 종교적 색채가 강렬한 작품입니다.

이 시집에는 다음과 같은 구절이 있습니다.

'나는 나의 영혼에게 이렇게 말하였다.

조용히 기다려라. 그리고 희망 없이 기다려라.

왜냐하면 희망은 그릇된 것에 대한 희망일 것이기 때문이다.

사랑 없이 기다려라.

왜냐하면 사랑도 그릇된 사랑에 대한 사랑일 것이기 때문이다.

여기 신앙이 있다.

그러나 신앙과 사랑과 희망은 모두 기다림 속에 있는 것.'

'돌아온 탕아'로 잘 알려진 두 아들과 아버지의 모습은 기다림의 진정한 의미가 과연 무엇인지 다시 한 번 생각하게 합니다. 물론 집으로 돌아오는 작은아들의 입장에서 보면 '돌아옴'이지만 그 아들을 맞는 아버지의 입장에서 보면 '기다림'인 것입니다. 그래서 루카는 '집으로 돌아오는 작은아들을 멀리서 본 아버지'라고 표현합니다.

집으로 오는 아들을 멀리서 보았다면 아버지는 언제나 어디서나 아들을 기다리고 있었던 것입니다. 그에 비하면 큰아들은 아버지와 항상 함께 있었지만 '집 가까이에서 들려오는 노랫소리'를 듣고서야 아우가 돌아온 것을 알았습니다. 한마디로 형은 아우를 기다리지 않았던 것입니다. 이처럼 '멀리서 본 아버지'와 '가까이에서 본 형'의 차이는 기다림의 차이이며, 기다림의 차이는 결국 사랑의 차이인 것입니다.

사랑은 기다림입니다.

밤은 낮을 기다리고 낮은 밤을 기다립니다. 그리하여 하루가 흘러가는 것입니다. 겨울은 봄을 기다리고 봄은 겨울을 기다립니다. 그리하여 일 년이 흘러갑니다. 일 년이 흘러가서 세월이 되며 세월이 흘러가서 영원이 됩니다. 삶은 죽음을 기다리며 죽음은 삶을 기다립니다. 하느님은 인간을 기다리며 인간은 하느님을 기다립니다. 하느님은 인간을 사랑한다는 생각 없이 사랑하시고 하느님은 인간을 기다린다는 생각 없이 기다리고 계십니다. 그러므로 하느님은 사랑 그 자체이신 것입니다.

'신앙과 사랑과 희망은 모두 기다림 속에 있는 것'이라고 노래한 T. S. 엘리엇의 시처럼 전능하신 하느님과 그의 외아들 예수 그리스도를 믿는 우리들의 신앙은 결국 먼발치에서 우리를 지켜보고 기다리고 계시는 아버지의 곁으로 돌아가는 일인 것입니다. 지금 이 순간에도 아버지이신 하느님은 우리를 기다리고 계십니다.

사랑하는 벗이여

성서에는 열 명의 나환자가 주님에게 자비를 베풀어 고쳐 달라고 소리치는 장면이 있습니다. 이들을 불쌍히 여긴 주님은 깨끗이 고쳐 주십니다. 그러나 한 사람만이 돌아와 발 앞에 엎드려 감사를 드립니다. 이때 주님은 "열 사람이 깨끗해지지 않았느냐? 그런데 아홉은 어디에 있느냐?"(루카 17, 17)고 한탄하십니다. 우리는 모두 주님에게 자비를 베풀어 달라고 소리쳤던 영혼의 나환자들입니다. 주님은 불쌍히 여기시어 우리를 깨끗이 고쳐 주셨습니다. 그럼에도 불구하고 우리는 주님의 발 앞에 엎드려 감사드리는 것을 잊고 있습니다. 마치 어릴 때 읽은 열 마리의 돼지 동화처럼. 소풍 간 열 마리의 돼지들은 서로의 숫자만 셀 뿐 자신을 세지 못함으로써 항상 한 마리의 부족에서 헤어나지 못하고 있는 것입니다. 마찬가지로 거의 매순간 우리는 주님께 무언가를 원하고 바라고 빌고 큰소리로 외치고 있습니다. 그러나 막상 그 소망이 이루어지면 그것이 주님의 은총 때문이 아니라 당연한 자신의 탓으로 받아들이며 자신의 숫자를 세지 못하는 돼지들처럼 정작 가장 중요한 순간에는 주님을 헤아리지 못하고 맙니다. 그러므로 우리들의 기도는 대부분 미완성일 때가 많습니다. 기도는 소망으로 시작되지만 감사로 완성되는 것입니다. 시작만 있으되 끝이

없는 미완의 기도를 우리는 주문처럼 외우고 있을 뿐입니다.

다그 함마르셸드는 스웨덴의 경제학자이자 정치가로 1953년에 유엔 사무총장이 되었던 사람입니다. 그는 6.25전쟁 후 우리나라의 분쟁을 해결하기 위해 노력했던 우리 민족의 은인이기도 합니다. 1961년 9월 콩고의 내분을 해결하기 위해 현지로 가던 중 잠비아의 산중에서 항공기 사고로 사망했으며 바로 이 해 노벨평화상을 받은 분입니다. 이 분이 남긴 말씀 중에 짧지만 우리에게 도움이 될 수 있는 다음과 같은 것이 있습니다.

"지나간 모든 것에 감사합니다. 그리고 다가올 모든 것에 대해서 긍정합니다."

우리들에게 함마르셸드의 짧은 말씀은 완성된 기도가 어떤 것인
가를 분명하게 보여 주고 있습니다.

지나간 모든 것을 감사하는 함마르셸드의 마음이야말로 큰소리
로 하느님을 찬양하면서 주님의 발밑에 엎드린 나환자의 마음입
니다. 하느님을 향한 감사의 마음으로 우리의 기도가 완성되어야
만 비로소 우리에게 다가올 미래는, 엎드렸던 무릎을 펴고 힘차
게 일어서서 주님의 빛을 온몸으로 받아들이는 긍정의 신천지가
될 것입니다.

주님.

감사합니다.

1849년 봄. 몇 명의 사형수가 형장으로 끌려 나왔습니다. '거총' 소리와 함께 병사들이 사형수의 심장에 총을 겨누었습니다. 그리고 달카닥, 탄환을 격발시키는 금속성 소리가 울려 퍼졌습니다. 그때 갑자기 말발굽 소리와 함께 한 병사가 소리치며 나타났습니다. "사형 중지. 황제가 특사를 내리셨다." 이때 한 사형수가 입에 거품을 물고 쓰러졌습니다. 27세의 젊은 나이로 총살 직전에 발작을 일으키며 살아난 사형수, 그의 이름은 도스토옙스키였습니다. 그는 이후 시베리아로 유형을 떠나게 되었는데 유일하게 허용된 책인 성서를 4년 동안 항상 들고 다니면서 읽었습니다. 부활 대축일 밤에 갑자기 그는 소리쳤습니다.

"하느님은 존재한다. 하느님은 존재한다."

이때의 경험을 도스토옙스키는 다음과 같이 표현하고 있습니다.

"…나는 하늘이 땅 위로 내려와 나를 감싸는 것을 체험했다. 나는 내 안에 신을 받아들였고 그분은 나의 온몸으로 침투해 오고 있음을 느꼈다. 그렇다. 하느님은 존재한다라고 나는 소리쳤다…"

평생을 불우한 생애를 보냈으면서도 빚에 몰려 쓴 그의 작품은 불후의 명작이 되었습니다. 그것은 그의 작품 속에 깃들어 있는 주님의 빛 때문일 것입니다. "앞으로 다가올 천 년은 기독교의 시

대가 될 것이다."라고 그는 예언했으며 그가 말년에 쓴 『카라마조프가의 형제들』에서는 이것이 더욱 두드러지게 됩니다. "모든 것은 천국이다. 내가 그런 말을 할 수 있는 것은 영혼 속에 천국을 간직하고 있기 때문이다."

예수가 어떤 분인지 보려고 앞질러 달려가서 나무 위에 올라간 키 작은 자캐오에게 주님께서 이렇게 말씀하셨습니다. "얼른 내려오너라. 오늘은 내가 네 집에 머물러야 하겠다."(루카 19, 5) 키 작고 못생긴 사람, 돈은 많이 있었지만 매국노라고 멸시당하던 자캐오는 이 순간 주님으로부터 구원을 받게 됩니다. 이는 간질병자에 도박꾼, 인간적으로는 결함이 많던 도스토옙스키를 불러내어 예언자로 쓰신 주님의 놀라운 은총을 떠올리게 합니다.

그는 죽기 반년 전 푸시킨의 동상 제막식에서 푸시킨의 시 〈예언

자)를 정열적으로 낭송합니다.

'…시체처럼 사막에 쓰러져 누워 있을 때/ 하느님의 음성이 나를 불렀다. / 일어나라, 예언자여. / 보라 그리고 들으라. / 나의 뜻으로 가슴을 채워라. / 땅과 바다를 돌아다니며/ 너의 말로 사람들의 가슴을 불타오르게 하라.'

주여.
우리에게도 앞질러 달려갈 수 있는 용기와 나무 위에 올라갈 수 있는 정열을 허락하소서. 그리하여 예언자 도스토옙스키처럼 하느님께 사로잡히게 하소서.
오소서, 와서 제 집에 머물러 주소서.

그리고 주님, 제 손을 놓지 마소서.

1940년, 퓰리처상 수상작인 『분노의 포도』는 미국 작가 스타인 벡의 대표작입니다. 이 소설은 오클라호마의 농민 가족 조드 일가가 모래 폭풍과 대자본에 의한 기계화로 경작지를 잃고, 낡은 자동차에 가재도구를 싣고 전 가족이 캘리포니아의 비옥한 포도원을 향해 출발하는 데서부터 시작되고 있습니다. 구약성서에 나오는 '탈출기'의 형식을 빌려 묘사한 이 서사시적 작품은, 그러나 그들이 꿈꾸던 자유의 땅에서 기다리고 있던 것은 착취와 기아와 질병이라는 점에서 젖과 꿀이 흐르는 가나안 땅과는 대비가 됩니다. 노동력의 과잉으로 농장주들은 마음대로 임금을 깎아 전 가족이 총동원을 해서 일을 해도 입에 풀칠을 하기 힘들 정도였습니다. 결국 아들 톰은 파업에 가담해서 살인을 저지르고 가족들은 뿔뿔이 흩어지고 죽어 갑니다.

그나마 품삯 일마저 바닥이 나고 설상가상으로 홍수까지 겹쳐 그들의 가슴에는 '분노의 포도'만이 주렁주렁 열린다는 것이 이 소설의 주제입니다.

이 소설의 마지막 장면은 특히 인상적인데 굶주림과 과로 때문에 아이를 사산한 딸을 부축하고 어머니는 오막살이로 비를 피해 들어갑니다. 그러나 그곳에는 더 비참한 소년과 아버지가 있었습니다. 소년의 아버지는 훔쳐 온 빵조차 토해 낼 정도로 기진해 있었습니다. 모든 사람들을 다 밖으로 내보내고 딸은 죽어 가는 소년의 아버지에게 자신의 젖을 물리는 것으로 소설은 끝이 납니다.

"'먹어야 해요' 하고 그녀는 말했다. 그녀는 더 가까이 다가가서 남자의 머리를 안아 들고 젖을 물려 주었다. '자' 하고 그녀가 말했다. 그녀의 손이 가만가만 그의 머리를 쓰다듬고 있었다. 그녀는 눈을 들어 창고 너머를 바라보았고 입을 꼭 다물면서 신비스러운 미소를 머금었다."

주님은 하늘나라를 포도원에 비유하면서 아침부터 온 일꾼이나 나중에 온 일꾼이나 똑같이 한 데나리온씩 주는 포도원 주인인 하느님을 통해 이렇게 말씀하고 계십니다.

"나는 맨 나중에 온 이 사람에게도 당신에게처럼 품삯을 주고 싶소. 내 것을 가지고 내가 하고 싶은 대로 할 수 없다는 말이오?" (마태 20, 14-15)

주님의 나라에는 먼저 온 사람도 나중에 온 사람도 없습니다. 하늘나라에는 모든 사람이 평등할 뿐입니다. 그러나 우리들이 사는 이 지상의 포도밭은 남보다 조금이라도 먼저 수단과 방법을 가리지 않고 포도원에 빨리 도착하여만 첫째가 될 수 있습니다. 첫째가 되어야만 우리는 더 많은 권력과 더 많은 물질을 소유할 수 있을 것입니다. 먼저 온 사람들은 보다 많이 소유함으로써 늦게 온 사람들을 멸시하고 착취합니다. 먼저 온 사람들은 보다 많은 것을 소유함으로써 기득권을 유지하려 하며, 늦게 온 사람들은 좀처럼 가난과 질병에서 벗어나지 못함으로써 지상 위의 포도밭은 스타인벡의 소설처럼 '분노의 포도'만이 주렁주렁 열리고 있을 뿐입니다.

하지만 주님.

우리들의 가슴에 분노의 포도가 주렁주렁 열릴지언정,

죄를 짓게 하지는 마옵소서.

날이 저물어 집으로 돌아갈 때면 우리들의 마음에 평화와 안식이

깃들게 하소서.

"여성은 여성으로 태어나는 것이 아니라 여성으로 만들어지는 것이다."

프랑스의 여류 소설가이자 사상가인 시몬느 드 보부아르의 『제2의 성』에 나오는 구절입니다. 실존주의 철학의 대표자 중 한 사람인 사르트르와의 계약결혼으로도 잘 알려진 그녀는 이 작품을 통해 여성이 왜 제2의 성으로 전락하게 되었는지 밝히려고 했습니다. 보부아르의 말처럼 인류의 반은 남성으로 태어나고 나머지 반은 여성으로 태어납니다. 하지만 여성은 역사적으로 동등한 성별로 취급받지 못하고 항상 제2의 성으로 차별되며 그런 사회적 편견을 통해 여성은 태어나자마자 다른 옷을 입고 다른 장난감과 다른 놀이 속에서 후천적으로 키워지고 만들어져 온 것이 분명한 사실입니다.

그러나 주님은 전 인류사상 여성을 여성으로 보지 않고 여성을 있는 그대로의 인간으로 본 최초의 인물이었습니다.

성서 그 어디에도 주님께서 여성을 차별하신 곳이 없습니다. 그런 주님의 마음이 분명히 드러나는 곳이 바로 사마리아 여인과 만나는 우물가의 장면입니다.

그 당시 유다인은 사마리아 사람들과 원수지간이었습니다. 성서에도 나와 있듯 유다인과 사마리아 사람들과는 상종하는 일이 없었던 것입니다. 사마리아 여인이 "선생님은 어떻게 유다 사람이시면서 사마리아 여자인 저에게 마실 물을 청하십니까?"(요한 4, 9) 하고 말하였던 것은 당연한 일이었습니다. 더구나 여인은 남편이 다섯이나 있었고 지금 함께 살고 있는 남자 역시 남편이 아닌, 기구한 팔자의 창녀와 같은 운명이었습니다. 오죽하면 남들에게 소외되어 정오에 가까운 뜨거운 한낮에야 홀로 물을 길러 나올 수밖에 없는 처지였겠습니까. 이런 여인에게 주님은 다가가서 먼저 물을 달라고 청하신 것입니다.

주님은 그 여인이 '사마리아인'이며 '창녀와 같은 여인'이란 껍질을 보지 아니하시고 그 여인 속에서 '인간'이라는 본질을 보신 것입니다. 주님이 먼저 여인에게 인간의 본질을 밝혀 주시자 사마리아 여인 또한 주님의 존재를 처음에는 '유다인'에서 '선생님', 그 '선생님'에서 '예언자' 그리고 마침내 그리스도라는 '메시아'로 발전하여 발견하게 되는 것입니다.

이러한 주님의 여성관이 사도 바오로에게서 왜곡되는 것은 참으로 이해할 수 없는 일입니다.

바오로는 '남자는 하느님의 모습과 영광을 지니고 있지만 여자는 남자의 영광을 지니고 있을 뿐이다'(공동번역 1코린 11, 7)라는 성차별의 논리를 주장하고 있습니다.

그러나 주님은 남자도 여자도 "부활 때에는 장가드는 일도 시집가는 일도 없이 하늘에 있는 천사들과 같아진다."(마태 22, 30)고 말씀하심으로써 인간의 본질은 성별을 초월하여 '하느님께서 당신의 모습대로 사람을 창조하시되 남자와 여자로 창조하셨음'(공동번역 창세기 1, 27)의 존재라는 것을 분명히 밝히고 있습니다.

어머니가 돌아가셨을 때 나는 잊을 수 없는 꿈을 꾸었습니다. 꿈속의 어머니는 허물을 벗고 계셨는데 그 모습이 내가 아는 어머니와는 전혀 다른 모습이었습니다. 늦은 나이에 나를 낳으신 어머니는 내겐 늘 할머니의 모습으로 남아 있습니다. 그러나 꿈속에서 본 어머니의 모습은 뜻밖에도 아름다운 성처녀의 모습이었습니다. 그 천사는 복녀福女라는 이름으로 어느 날 내 어머니로 오셨다가 낡은 인생의 허물을 벗고 본연의 모습 그대로 돌아가신 것입니다.

나는 남자이고 그대는 여자일지도 모릅니다. 그러나 우리는 주님 안에서 하나이며 하느님께서 똑같이 창조하신 거룩한 사람입니다. 나는 그대가 여자이기 앞서 부활하여 하늘의 천사로 다시 태어날 거룩한 존재임을 압니다. 그러므로 나는 그대를 사랑합니다.

옛 그리스의 철인이었던 플라톤은 그가 남긴 『향연』이라는 작품에서 다음과 같이 말했습니다.

"원래 사람은 남자와 여자가 합쳐진 하나의 몸이었다. 그런데 이 합쳐진 몸은 무서운 힘을 갖고 있었기 때문에 신들을 공격하곤 했다. 이에 제우스는 인간을 그대로 생존케 하면서도 그 힘을 약하게 하기 위해서 사람을 두 동강이로 쪼개었다. 그래서 본래의 몸이 갈라진 후부터 반쪽은 각각 떨어져 나간 다른 반쪽을 그리워하고 다시 한 몸이 되려는 열망을 지니고 있다."

플라톤은 이러한 열정을 '사랑' 혹은 '에로스'라고 명명했습니다. 군이 플라톤의 말을 빌리지 않더라도 남자는 하느님에 의해서 진흙으로 빚어진 존재이고 여자는 남자의 갈빗대를 뽑아서 만든 존재입니다. 그리하여 남자가 자기 아내와 결합하는 것은 둘이 한 몸이 되는 것이라고 말씀하셨던 것입니다.

어느 해 여름, 각 신문에 감동적인 기사가 실린 적이 있습니다. 교통사고로 식물인간이 된 남편을 6년 동안이나 간병해서 의식을 되살려 낸 일이 한 여인에게서 일어난 것입니다. 이 여인은 의

사들도 회복이 불가능하다고 포기한 남편을 기적적으로 소생시켰던 것입니다. 그녀는 항상 '그는 환자가 아니다. 내 남편이다'라고 스스로 다짐하였으며 하루에도 수십 차례 의식 없는 남편과 대화를 나눴다고 합니다. 주위의 시선을 의식하지 않고 남편을 아기처럼 껴안고 뽀뽀도 하였으며 그의 남편이 식물인간으로나마 살아 있는 것만으로도 고마웠다고 말했습니다. 도저히 의학적으로 설명할 수 없는 이 남편은 6년 만에 부활하여 그 첫마디를 "아멘."이라고 하였다고 합니다.

성정식成貞植이란 여인의 이 아름다운 이야기는 우리들의 남편을, 아내들을 부끄럽게 만들고 있습니다. 우리도 분명히 결혼식에서 '비가 오나 바람 부나 괴로울 때나 슬플 때나 병들었을 때나 늙었을 때나 항상 누구누구를 사랑할 것을 맹세한'신랑신부였습니다. 우리가 결혼하여 가정을 이루는 것은 플라톤의 말처럼 불완전한 반쪽이 나머지 반쪽을 찾아 한 몸을 이루는 길이며 주님의 말씀처럼 두 사람이 비로소 완전한 한 몸을 이루는 길입니다.

주님. 저를 불쌍히 여기시어 성정식 여인처럼 온전한 반쪽으로 변화시켜 주소서. 그리하여 하늘에 떠 있는 수많은 별 중에서 내가 점찍은 나의 별인 제 아내와 남편이라 불리는 미완의 제가 주님의 은총 속에 완전한 한 몸을 이루어 하느님께서 '보시기에 참좋은' 부부임을 깨닫게 하소서.

사랑하는 벗이여

미국 남부 소도시에 에밀리라는 여인이 살고 있었습니다. 그녀는 평생을 독신으로 지냈으며, 괴팍한 성격으로 마을 주민과 어울리지 않던 여인이었습니다. 서른 살이 되도록 결혼을 못 했던 노처녀 에밀리는 어느 날 떠돌이 십장인 베론이란 사람과 사랑을 하게 됩니다. 마을 사람들은 에밀리와 같은 귀족 여인이 베론과 같은 떠돌이 상놈과 어울려 다니는 것은 마을 전체에 대한 불명예라고 수군거렸습니다. 그러나 베론이 에밀리를 배신하고 도망쳐 버리자 에밀리는 문을 걸어 잠그고 평생을 자기 집 속에서 은둔 생활을 합니다. 마침내 할머니가 된 에밀리가 자신의 집에서 죽자 마을 사람들은 수십 년 동안 열리지 않았던 그녀의 집을 방문하여 문상하게 됩니다. 그때 사람들은 굳게 닫힌 방 하나를 발견하게 됩니다. 합심해서 그 수수께끼의 방문을 부수고 안으로 들어가자 침대 위에 30년 전에 죽은 베론의 시신이 두 사람이 사랑을 나눴던 포옹의 자세로 백골이 되어 있는 것을 발견하게 됩니다. 에밀리는 자신을 배신하고 떠나려는 베론을 독살하고 그의 시신을 평생 동안 침대 위에 눕혀 놓고 그의 베개 옆에서 사랑을 나누었던 것입니다.

이 글은 미국이 낳은 위대한 작가 윌리엄 포크너의 짧은 단편 〈에밀리에게 장미를〉이란 작품입니다. 1949년 노벨문학상을 받은 그는 미시시피 주에서 태어나 평생을 미국 남부의 사회적 변혁의 모습을 소설로서 형상화시켰던 매우 독특한 소설가입니다. 이 기괴한 짧은 단편은 사랑에 집착하는 에밀리라는 여인을 통해서 인생의 허무함과 사랑의 헛된 맹세를 날카롭게 묘사하고 있습니다. 가엾은 에밀리처럼 우리들은 평생을 헛된 맹세 속에 살아가고 있습니다. 우리는 사랑을 맹세하고 우정을 약속하고 계약을 맺습니다. 그러나 우리들의 맹세와 약속은 한갓 들에 핀 풀포기와 같은 것입니다. 예언자 이사야가 '모든 인간은 풀이요 그 영화는 들의 꽃과 같다. 풀은 마르고 꽃은 시든다. 풀은 마르고 꽃은 시들지만 우리 하느님의 말씀은 영원히 서 있으리라.'(이사 40, 6-8)고 노래하였듯 사람들의 약속은 헛되고 헛된 것입니다. 영원한 것은 오직 하느님의 말씀과 우리 주 그리스도뿐인 것입니다.

주님께서 "아예 맹세하지 마라. 하늘을 두고도 맹세하지 마라. 땅을 두고도 맹세하지 마라. 네 머리를 두고도 맹세하지 마라."(마태 5, 34-37)고 말씀하신 것은 바로 우리들 인생이 풀포기와 같아서 맹세와 약속의 유한성을 경계하고 계신 것입니다.

주님은 부활하신 후 제자들 앞에서 마지막 유언을 남기십니다.

"나는 하늘과 땅의 모든 권한을 받았다. 그러므로 너희는 가서 모든 민족들을 제자로 삼아, 아버지와 아들과 성령의 이름으로 세례를 주고, 내가 너희에게 명령한 모든 것을 가르쳐 지키게 하여라."(마태 28, 18-20)

그리고 주님은 '세상 끝 날까지 언제나 너희와 함께 있겠다'고 우리에게 맹세하십니다. 주님의 이 맹세야말로 영원한 약속이신 것입니다. 주님은 우리와 함께 현존하고 계십니다. 그분은 과거에도 계셨고, 지금도 계시고, 미래에도 계실 살아 있는 우리의 그리스도이십니다. 주님의 이 약속이 '에밀리의 장미'처럼 헛된 사랑의 맹세라면 우리는 지금 침대에 누워 썩어 가고 있는 죽은 그리스도를 사랑하는 가엾은 에밀리와 같은 사람들일 것입니다.

주님은 말씀하셨습니다.

"보라, 내가 곧 간다… 나는 알파이며 오메가이고

처음이며 마지막이고 시작이며 마침이다."(묵시 22, 12-13)

『삼국유사』는 『삼국사기』와 더불어 우리나라 최고의 역사서입니다. 『삼국유사』를 지은 일연一然은 경주에서 태어나 9세 때 출가하였으며, 83세가 되던 해 제자에게 북을 치게 하고는 앉은 채 담소하다가 갑자기 입적한 고려시대의 고승입니다. 그가 남긴 저서 중 오늘날 남아 전하는 것은 『삼국유사』뿐으로, 그 속에는 '조신調信의 꿈'이란 짤막한 설화가 들어 있습니다. 이 설화는 이광수가 '꿈'이란 제목으로 소설화해 우리에게 매우 친숙한 작품으로 재탄생시켰으며, 이미 여러 번 영화로도 영상화되기도 했습니다.

신라시대 어느 날, 스님 조신이 장원莊園으로 파견되어 관리하고 있었는데 그는 태수의 딸을 좋아하게 되었습니다. 그러나 그 여인에게는 이미 정해진 배필이 있었기에 그는 법당 안에서 관음보살에게 그 여인과 함께 살게 해 달라고 기도를 합니다. 그때, 갑자기 낭자가 들어와 다음과 같이 말합니다.

"저는 일찍부터 스님을 마음속으로 사랑하고 있었습니다."

조신은 기뻐하며 여인과 함께 40년을 숨어 살아갑니다. 자녀 다섯을 두었는데 가족들은 걸인처럼 살다가 열다섯 살 된 큰 아이는 굶어 죽고, 두 내외는 늙고 병들어 열 살 된 딸을 앞세워 동냥질을 하여 먹고 살게 됩니다. 이에 부인이 말합니다.

"아름다운 모습도 풀 위의 이슬이요, 지초芝草와 같은 사랑의 약속도 바람에 흔들리는 버들가지와 같습니다. 이제 그대는 내가 곁에 있어 더 누가 되며, 나 역시 그대 때문에 더 근심이 됩니다."

그러고 나서 두 사람이 울면서 헤어지는 순간 꿈에서 깨어납니다. 그러니까 부부간의 50년의 세월이 깜빡 불당 안에서 졸았던 하룻밤의 꿈인 것을 조신은 그제야 깨달았던 것입니다.

일연은 이 이야기를 마치고 나서 이렇게 말하였습니다.

"지금 모든 사람들이 속세의 즐거움만 알아 기뻐하려고 애를 쓰고 있지만 이것은 다만 하룻밤의 꿈에 지나지 않는 것이다."

주님은 말씀하셨습니다.

"깨어 있어라. 너희의 주인이 어느 날에 올지 너희가 모르기 때문이다."(마태 24, 42)

"내 마음이 괴로워 죽을 지경이다. 너희는 여기에 남아서 나와 같이 깨어 있어라."(마태 26, 18)

주님은 기회 있을 때마다 우리에게 깨어 있으라고 말씀하십니다. 그러나 우리는 주님이 최후의 기도를 드리는 순간에도 잠들어 있던 베드로처럼 '한 시간도 깨어 있을 수 없으며 마음은 간절하지만 몸이 따르지 않는' 불쌍한 사람들인 것입니다. 우리들의 삶은 너무나 지쳐서 깨어 있으려 해도 눈을 뜨고 있을 수 없기 때문입니다. 이러한 우리가 잠의 유혹에 빠지지 않고 항상 깨어 있는 방법을 주님께서는 다음과 같이 가르쳐 주고 계십니다.

"유혹에 빠지지 않도록 깨어 기도하여라."(마태 26, 41)

일찍이 성욕에 괴로워하던 프란치스코는 눈밭을 뒹굴고 나서, 눈으로 아내와 자식들의 눈사람을 만든 후 이렇게 말하였습니다.

"저것이 너의 아내고, 저것이 너의 아이들이다. 보아라, 그 가족들이 저처럼 녹아서 흔적도 없지 아니하냐."

그렇습니다. 우리들의 인생은 한갓 꿈에 지나지 않습니다. 우리들의 인생이란 눈으로 빚은 설인雪人에 지나지 않습니다. 떨어지는 나뭇잎 하나에도 자신의 지문指紋을 묻히시고 시냇물에도 자신의 목소리를 섞어 두시는 주님. 달콤한 꿈에서 벗어나 주님의 가없는 은총을 입을 수 있도록 늘 깨어 기도하게 해 주소서.

주님,

저를 늘 깨어 기도하게 하소서.

저를 겸손케 하시고 제 소망이 무서운 자애심自愛心에서

벗어나게 하시고 그리하여 기도 가운데

이 헛된 망상에서 영원히 벗어나게 해 주소서.

사랑하는 벗이여

프랑스의 작가 아나톨 프랑스의 작품 중에 〈성모님의 곡예사〉란 짧은 단편이 있습니다.

바르나베란 가련한 곡예사가 있었습니다. 그러나 그는 누구보다도 하느님을 두려워하고 성모님을 공경하는 사람이었습니다. 어느 날 그는 길거리에서 한 수도원 원장을 만나게 됩니다. 신세한탄을 한 바르나베는 그를 불쌍히 여긴 수도원장에 의해서 수도원에 들어가게 됩니다. 수도원에는 많은 수도자들이 있었습니다. 그들은 성모님을 위해 책을 쓰기도 하고 하느님을 찬양하는 그림을 그리기도 하고 성모님을 찬미하는 송가를 짓기도 하였지만 단순하고 무식한 곡예사 바르나베는 자신이 성모님을 위해 아무것도 할 수 없다는 사실을 깨닫고는 몹시 슬퍼하였습니다. 그러던 어느 날부터 다른 수도자들이 성모님을 위한 토론이나 신학에 열중하고 있는 시간이면 그는 슬그머니 빠져나가 성당에서 시간을 보내곤 하였습니다. 그의 거동을 수상하게 여긴 수도자들은 바르나베 수사를 감시하기 시작하였는데 어느 날 문틈으로 들여다보았을 때 바르나베 수사가 성모님 앞에서 거꾸로 서서 접시를 돌리고 열두 개의 칼을 가지고 곡예를 부리고 있는 것을 보게 됩

니다. 신성 모독이라고 분개한 수도자들이 뛰어가 막 끌어내리려는 순간 성모님이 갑자기 제단 위에서 서서히 내려와 자신의 푸른 옷자락으로 바르나베 곡예사가 흘린 땀방울을 닦아 주시는 것이 아니겠습니까.

아나톨 프랑스의 이 감명 깊은 단편처럼 우리들은 모두 하느님으로부터 각자의 재능을 부여받은 사람입니다. 주님은 하느님에 관해서 연구하고 막연히 하느님을 두려워하는 사람보다는 하느님으로부터 받은 재능을 그리스도를 통하여, 그리스도와 함께 그리스도 안에서 성령과 더불어 최대한 발휘하는 사람들을 더욱 사랑하십니다.

"네가 작은 일에 성실하였으니 이제 내가 너에게 많은 일을 맡기

겠다."(마태 25, 21, 23)

자신의 재능을 유감없이 발휘한 두 종에게 하신 주님의 말씀은 주인이신 하느님을 위하는 최선의 길이 과연 어떤 것인가를 분명히 가르쳐 주고 계신 것입니다. 인간의 눈으로 보면 하찮고 가없은 곡예사의 솜씨도 그것은 하느님께서 그에게만 특별히 내려주신 최고의 재능인 것입니다.

주님.

우리 모두가 하느님으로부터 받은 재능을 활짝 피울 수 있는 꽃이 되게 하소서. 이 지상이 하느님을 찬양하는 만발한 화원이 되도록 은총 주소서.

미켈란젤로는 뛰어난 화가입니다. 그는 원래 조각가로 〈다비드상〉과 같은 걸작을 남겼으며, 특히 죽은 예수를 안고 있는 마리아의 모습을 조각한 〈피에타〉는 그가 평생을 통해 추구하였던 중요한 소재였습니다. 그러나 미켈란젤로가 그처럼 유명한 화가로 각인될 수 있었던 것은 로마에 있는 시스틴 성당 천장에 그린 〈천지창조〉와 제단 뒷벽의 〈최후의 심판〉이란 벽화 때문입니다.

당시 교황 율리우스 2세의 위촉으로 성당 천장에 인류의 원조인 아담이 하느님에 의해서 창조되는 '아담의 창조'를 비롯하여 아홉 장면을 그린 〈천지창조〉는 4년여에 걸친 작업으로 고개를 젖히고 거의 혼자의 힘으로만 완성하였던 걸작이었습니다. 그로부터 30년 뒤 미켈란젤로는 다시 바오로 3세의 위촉으로 제단 뒤쪽의 벽화를 제작하게 됩니다. 단테의 『신곡神曲』에 나오는 '최후의 심판'을 주제로 선택한 그는 5년 반의 세월을 거쳐 만년의 걸작으로 완성하게 됩니다.

이 작품의 한가운데에는 부활하신 예수가 오른손을 치켜들고 심판하는 장면이 그려져 있으며 바로 그 옆에는 단호하고 엄격한 그리스도의 모습과는 대조적으로 성모 마리아가 자애로운 모습으로 앉아 있습니다.

이 그림 속에는 400명 이상의 군중이 배열되어 있으며, 주로 주님의 오른편에는 천국으로 오르는 영혼, 왼쪽으로는 지옥으로 떨어지는 벌 받는 영혼이 나뉘어져 묘사되고 있습니다. 그리고 아래쪽 중앙에는 여러 명의 천사들이 나팔을 불면서 '최후의 날'이 왔음을 알리고 있습니다. 죽었던 사람들이 부활하여, 의인들은 그리스도 곁으로 떠올라 가고 있으며 악마들은 지옥으로 끌어내리려고 서로 다투고 있는데, 그중에서 가장 눈에 띄는 인물은 천사들과 죄인들 사이에서 왼손으로 얼굴을 가리고 앉아 있는 '절망에 빠진 남자'의 모습입니다. 그는 아직 주님에 의해서 심판받지 않은 유보 상태 속에서 고뇌하고 있습니다. 그는 아직 주님의 오른편에 올라가 영원한 생명의 나라로 들어갈 심판을 받은 것도 아니며, 주님의 왼편으로 떨어져 영원히 벌 받는 곳으로 쫓겨난 죄인도 아닙니다.

바로 그 남자 곁에는 지갑과 열쇠를 목에 건 죄인이 악마에게 머리를 끌려서 추락하고 있는 모습이 그려져 있는 것으로 보아 이 남자는 선과 악, 천사와 죄인 사이에서 고뇌하고 있는 현대인을 상징하고 있다고 할 수 있습니다.

주님은 우리에게 분명히 말씀하셨습니다.

"사람의 아들이 영광에 싸여 모든 천사와 함께 오면, 자기의 영광스런 옥좌에 앉을 것이다. 그리고 모든 민족들이 사람의 아들 앞으로 모일 터인데, 그는 목자가 양과 염소를 가르듯이 그들을 가를 것이다."(마태 25, 31-32)

예수 그리스도는 구세주로 이 세상에 오셨지만 구원의 역사는 시작된 것일 뿐 아직 완성된 것은 아닙니다. 그분이 다시 오셔서 심판을 내려야만 구원은 비로소 완성될 수 있을 것입니다.

심판의 날은 멀지 않았습니다. 주님의 날이 마치 '밤도둑'처럼 오고 있음은 명백한 사실입니다. 이제 거의 때가 되었습니다. 이러할 때 무엇을 망설이고 있습니까.

얼굴을 감싸 쥐고 절망과 고뇌에 빠져 있는 모습과 같은 그대여, 그 절망에서 일어서십시오. 그대의 머리 위에는 영원한 생명이신 주 예수 그리스도가 그대를 부르며 애타게 기다리고 계십니다.

십자가의 성 요한이 말한 고통의 숲은 바로 은총의 숲입니다. 하지만 그만큼 주님의 고통과 일치된 숲이라고 말할 수 있습니다.

위로와 기쁨과 고통은 따로 떨어져 있는 것이 아니라 하나입니다.

그래서 성인들이 고통이야말로

주님의 사랑이라고 말씀하시지 않았습니까.

매 순간을 주님과 일치시킬 수 있다면

그것이 바로 고통과 은총의 삶인 것입니다.

사랑하는 벗이여

딸랑딸랑. 성당 문에 걸린 작은 종이 울렸습니다. 이에 늙은 신부님이 웬 사람이 고해성사를 하러 왔나 싶어 나가 보았습니다. 문앞에 서 있는 사람은 꼬마 소년이었습니다. 소년은 저금통을 들고 있었습니다. "어떻게 왔니 꼬마야." 하고 신부님이 묻자 "벌을 받고 있는 불쌍한 사람을 위해서 미사를 드려 주세요. 신부님 이것은 미사 예물입니다." "벌을 받고 있는 불쌍한 사람이라니 도대체 누군데?" 눈물을 글썽이던 꼬마는 그러나 이렇게 대답할 뿐이었습니다. "그 사람이 누구인가는 밝힐 수가 없어요." 그리하여 프랑스 파리 근교의 성당에서는 한 소년의 간절한 청에 의해서 불쌍한 사람을 위한 미사가 열렸습니다.

이 소년의 이름은 조르주 베르나노스. 이 소년이 불쌍한 사람이라고만 표현했던 사람의 이름은 유다 이스가리옷. 바로 주님을 배반하여 주님으로부터 "차라리 태어나지 않았더라면 자신에게 더 좋았을 것이다."(마태 26, 24)라고 평을 받은 유다가 이 꼬마 소년이 밝히지 않은 불쌍한 사람의 이름이었습니다. 지옥에서 벌을 받고 있을 유다가 가엾어서 이 소년은 그를 위해 미사를 드렸던 것입니다. 이 소년은 주님은 하시고자 하시면 유다를 지옥의 불길 속에서 구해 주실 수 있다고 굳게 믿고 있었습니다.

시골 신부님에 의해서 드려진 미사가 과연 유다의 영혼을 구원해 주었는지 아닌지는 모릅니다. 그러나 유다를 불쌍히 여기고 예물까지 바친 소년의 착한 마음에 주님께서는 깊은 영성을 불어넣으셨던 것만은 분명합니다.

왜냐하면 이 꼬마 소년은 훗날 프랑스를 대표하는 유명한 작가가 되었으니까요. 어릴 때의 이러한 기억이 그의 걸작 『어느 시골 신부의 일기』를 낳았으며 그는 이렇게 말했습니다.

"인간은 주님의 길을 걸을수록 유혹에 정면으로 직면하게 된다. 그러나 구원의 희망을 잃지 않고 끝까지 악과 싸운다면 은총의 뜻을 깨닫게 될 것이다."

그리고는 마침내 베르나노스는 다음과 같이 말합니다.

"이 세상의 모든 것은 모두 다 주님의 은총이다."

주님.
이 나병환자보다 더 더러운 영혼을 가졌던 제게 손을 갖다 대시
며 "깨끗하게 되어라." 하셔서 저를 구해 주신 내 주님 내 하느님.
도대체 제가 당신의 무엇입니까. 제가 당신의 무엇이기에 나보다
더 나를 사랑하여 주십니까.
그렇습니다, 주님.
베르나노스의 말처럼 이 세상의 모든 것은 다 주님의 은총입니
다. 살아도 주님의 은총이요 죽어도 주님의 은총입니다. 제 모든
것은 다 주님의 것이오니 구워 먹든지 삶아 먹든지 주님께서 다
알아서 해 주옵소서.

사랑하는 벗이여

우리들은 미사 때마다 최후의 만찬에서 하신 주님의 말씀을 그대로 외우고 있습니다.

주님께서 빵을 드시고 축복하신 후 제자들에게 "받아먹어라, 이는 내 몸이다." 하시고 잔을 들어 감사의 기도를 올리신 후 "모두이 잔을 마셔라, 이는 죄를 용서해 주려고 많은 사람을 위하여 흘리는 내 계약의 피다."(마태 26, 26-28)라는 말씀으로 성체聖體를 세우신 말씀을 항상 되새기고 있습니다.

주님. 그런 의미에서 우리들은 미사 때마다 주님과 더불어 최후의 만찬에 참석하고 있는 셈입니다. 주님과의 신성한 계약을 맺는 이 극적인 장면을 르네상스 시대의 천재화가였던 이탈리아의 레오나르도 다빈치는 46세의 나이에 산타마리아 델레 그라치에 성당에 벽화로 완성시켰습니다. 이름 하여 〈최후의 만찬〉. 르네상스 시대의 대표적 걸작인 이 벽화를 그릴 때 다빈치에게는 유명한 일화가 있었습니다.

주님을 가운데로 하고 열두 제자가 양 옆에 앉아 있는 모습을 구상했지만 다빈치는 주님의 얼굴과 배반자인 가리옷 유다의 얼굴만은 쉽게 떠올릴 수가 없었습니다. 고심 끝에 밀라노에서 가장 선하고 신앙심이 깊다는 사람을 불러오게 하여 그의 얼굴을 본 순간 다빈치는 곧 주님의 형상을 떠올릴 수 있었습니다. 그 사람의 얼굴을 모델로 하여 다빈치는 주님의 얼굴을 완성하였습니다. 그리고 나서 화가는 차례차례 제자들의 모습을 완성하기 시작하였습니다. 이러는 동안 수년이 흘렀으며 마지막으로 악의 상징인 가리옷 유다의 얼굴만 남게 되었습니다. 유다의 모습을 상상할 수 없었던 화가는 할 수 없이 이번에는 가장 흉악한 살인범을 불러와 그 모습을 모델로 하여 〈최후의 만찬〉을 완성하였습니다.

1498년 마침내 〈최후의 만찬〉 벽화가 완성되었을 때 감옥으로 끌려가는 유다의 모델이었던 살인범은 울면서 말하였습니다.

"저를 모르시겠습니까."

다빈치가 모르겠다고 대답하자 그는 다음과 같이 말했습니다.

"선생님, 저는 몇 년 전 선생님이 주님의 모습을 그리실 때 모델로 삼으셨던 바로 그 사람입니다."

주님.

제 몸속에도 주님을 닮은 모습과 은전 서른 닢에 주님을 팔아넘긴 배반자 유다의 피가 함께 흐르고 있습니다. 제 몸속에 들어 있는 주님과 또 하나의 유다, 이처럼 모순 덩어리인 우리들을 주님이 흘리신 계약의 피로서 구원하여 주소서.

빈센트 반 고흐는 평생 동안 12장의 자화상自畵像을 그렸습니다. 그가 그린 자화상은 대부분 권총으로 자살하기 3년 전에 시작해서 주로 정신병원에 입원했을 때 그린 작품이었습니다.

'죽을 때까지 정신병원에 갇혀 있더라도 얼마든지 그림 그릴 소재는 발견할 수 있다.'

그렇게 생각한 고흐에게 있어 자신의 얼굴이야말로 그가 마음 놓고 그릴 수 있는 단 하나의 소재였습니다. 그의 자화상은 죽음에 이르기까지의 표정으로 점점 더 침울해 가고 얼굴은 말라 가고 두 눈은 점점 더 광기에 젖어 가고 있습니다.

죽기 전 자화상을 완성하고 나서 고흐는 이렇게 말했습니다.

"내 자화상은 그대로 하나의 거대한 거짓말이다."

벗이여, 고흐의 말처럼 저도 하나의 거대한 거짓말 그 자체입니다. 제 말은 남에게 인정받기 위한 속임수에 지나지 않습니다. 제 입에서 나오는 말들은 대부분 거짓말입니다. 제 행동은 과장되어 있습니다. 저는 비겁한 쥐처럼 겁이 많으면서도 항상 만용을 부리고 있습니다. 남에게 매력 있는 사람이라는 평가를 받고 싶어서 제 행동을 꾸미고 있습니다.

"그들이 하는 일이란 모두 다른 사람들에게 보이기 위한 것이다."(마태 23, 5)

주님이 말씀하셨듯이 그들인 제가 하는 생각과 말과 행동은 모두 남에게 보이기 위한 것입니다. 저는 남에게 잘 보이고 싶으며, 남으로부터 인정받고 싶으며, 남으로부터 칭찬받고 싶으며, 남으로부터 잊히지 않고 싶어 합니다. 그러므로 제 생각과 말과 행동은 실제의 제가 아닙니다.

그렇습니다. 고흐의 탄식처럼 저는 거대한 거짓말 그 자체입니다.

오오, 나의 전부이신 주님.

이제야 알겠으니 저를 남으로부터 벗어나게 하소서. 남으로부터 해방되어 진실한 저를 되찾게 하소서. 그리하여 제가 하는 생각과 말과 행동이 오직 주님에게만 보이기 위한 것이 되게 하소서.

주님.

저는 주님에게만은 거짓말쟁이가 되고 싶지 않습니다. 제가 진실로 인정받고 칭찬받고 잊히지 않고 싶은 분은 오직 단 한 사람, 우리 주 예수 그리스도 한 분뿐입니다. 그러하오니 주님. 만년필을 잡은 제 손 위에 거짓이 없게 하소서. 제 손에 성령의 입김을 부디 내리소서.

ICI REPOSE
VINCENT VAN GOGH
1853-1890
ICI REPOSE
THÉODORE VAN GOGH
1857-1891

안토니오 가우디는 스페인이 낳은 금세기 최고의 건축가입니다. 구리 세공인의 아들로 태어난 그는 생을 마감할 때까지 평생을 독신으로 지낸 독실한 가톨릭 신자였습니다.

가우디의 건물은 모두 달라 하나도 같은 것이 없었습니다. 자연의 형태 속에서 모델을 취하고 가톨릭에서 찾을 수 있었던 심오하고 탁월한 미적 감각을 건축에 부여했던 그는 하나의 작품을 시작할 때마다 새로운 창작 의욕이 넘쳤으며 끊임없이 상상했던 건축의 성인聖人이었습니다.

'건축이야말로 희생의 길'임을 강조했던 가우디가 남긴 20세기 최고의 걸작품은 '성가족교회(사그라다 파밀리아 성당)'일 것입니다.

1882년, 가우디가 첫 돌을 한 개 쌓아 올림으로써 시작된 이 성당은 "이것은 마지막 성당이 아니라 어쩌면 새로운 형태의 최초의 성당일 것이다."라고 예언한 가우디 자신의 말처럼 건축을 단지 건축으로만 머물게 하지 않고 진정한 예술로 승화하여 종교와 접목시킨 20세기 전 세기를 통한 최고의 건축물입니다.

그러나 이 성당은 백 년이 지난 지금도 완성되지 않았으며 완성될 시기가 그 언제인지 아무도 모릅니다. 가우디의 기념비적인 이 성당은 앞으로도 수백 년 뒤에나 완성될지도 모릅니다.

아직 미완인 가우디의 '성가족교회'처럼 유명한 유럽의 대성당들은 수백 년 이상 걸려 완성된 경우가 많이 있습니다. 파리의 노트르담 대성당은 200년이 걸렸으며, 밀라노의 대성당은 250년이 걸려서 완성되었습니다. 또 동방박사의 유해가 보존되어 있다고 전해지는 쾰른 대성당은 600년 이상이 걸렸습니다.

예수님께서 살아생전 자주 드나드셨던 성전도 46년이나 걸려서 새로 지었던 건물이었습니다.

그러나 이 '아름다운 돌과 예물로 화려하게 꾸며진 성전'을 보시며 주님은 이렇게 말씀하십니다.

"이 성전을 허물어라. 그러면 내가 사흘 안에 다시 세우겠다." (요한 2, 19)

예수님의 이 말씀은 자신의 몸이야말로 최고의 성전임을 분명히 가르치고 계신 것입니다. 그런 의미라면 유네스코 세계 문화유산으로 지정될 정도로 아름답고 웅장한 그 쾰른 대성당도, 20세기 최고의 건축가 가우디가 아직도 창조해 가고 있는 미완성의 교회도 결국 주님의 성전을 당할 수가 없으며 그분을 믿는 우리 자신의 몸을 당할 수가 없을 것입니다.

바오로는 이렇게 말하였습니다.

'여러분이 하느님의 성전이고 하느님의 영께서 여러분 안에 계시다는 사실을 여러분은 모릅니까?

누구든지 하느님의 성전을 파괴하면 하느님께서도 그자를 파멸시키실 것입니다. 하느님의 성전은 거룩하기 때문입니다. 여러분이 바로 하느님의 성전입니다.'(1코린 3, 16-17)

바오로가 말하였듯 우리의 몸은 하느님의 성령이 살아 계신 거룩한 성전 그 자체입니다. 그러므로 20세기 최고의 걸작인 가우디의 '성가족교회'도 하느님의 성전이신 우리들의 몸을 뛰어넘을 수가 없는 것입니다.

그렇습니다.

진실로 화려한 예물과 치장으로 아름답게 꾸밀 것은 돌로 만든 건축물이 아니라 우리 자신의 몸과 영혼일 것입니다. 왜냐하면 우리들의 몸은 하느님과 우리 주 예수 그리스도와 성령의 삼위일체가 머물고 계시는 거룩한 대성당 그 자체이기 때문입니다.

제가 고등학교 때였습니다.

저는 거의 매일 수업은 듣지 않고 수업 시간에 글만 썼습니다.

어느 날 문득 소재 하나가 떠올랐습니다. 그 당시 제 스스로도 참
좋은 소재라는 생각이 들었습니다. 정확히 기억이 나지는 않지만
어머니가 돌아가실 때 아들에게 보물 상자를 꺼내 주시며 살다가
극심한 고통이 있을 때 그 상자를 열어 보라고 유언을 남기는 내
용입니다.

아들은 살아가면서 고통이 올 때마다 그 상자를 열어 볼까, 열어
볼까 하다가 아직은 그때가 아니다 하고 참고 견디면서 끝내는
그 상자를 열어 보지 않습니다. 그러나 작가로서 그 상자 속에 무
엇이 들어 있어야 할지는 미리 생각해 두지 못했습니다.

그리고 세월이 한참 흘러 한때 불교에 심취하고 있을 때, 잊고 있
던 그 소재가 제 머릿속에 떠올랐습니다. 과연 상자 속에 무엇이
들어 있으면 좋을까 고민하던 저는 아무것도 없이 빈 상자[無]로
남겨 놓는 것이 옳다고 생각했습니다.

그런데 오늘 갑자기 그 소재가 다시 떠올랐습니다.

그리고 그 상자 속에는 아무것도 없어야 하는 것이 아니라 바로

십자가가 들어 있어야 한다는 사실을 깨달았습니다.

결국 50년 만에 저는 작가로서 그 소재의 마무리를 결정할 수 있게 된 겁니다.

…소년은 이제야 그 상자를 열어 봅니다.

그 상자 속에는 십자가가 들어 있었습니다.

이 두 줄을 쓰는 데 50년이라는 긴 세월이 걸렸습니다.

그리고, 상자를 열어 본 소년은 바로 올해로 예순여덟이 된 저입니다. 저는 지금껏 수없이 많은 소설을 써 왔습니다. 하지만 이 소설이야말로 그 어느 것보다도 최고의 소설입니다.

주님.

이제야 알겠습니다.

이 소설에 등장하는 어머니는 바로 자애로우신 어머니, 성모 마리아였음을.

사랑하는 벗이여

인간은 영혼의 아픔 없이는 눈물을 흘리지 않습니다. 눈물을 동반하지 않는 울음은 그저 슬픔일 것입니다. 그것은 고통을 나타내 보이는 몸짓이며, 자신의 처지를 하소연해 보이는 투정이며, 자신의 존재를 알리려는 하나의 신호일 뿐입니다. 인간이 위대한 것은 자기 자신의 영혼의 상처 때문만이 아니라, 타인의 고통에도 슬퍼하고 눈물을 흘릴 줄 아는 자비심慈悲心 때문입니다.

엘 그레코의 그림 중에 〈베드로의 눈물〉이란 작품이 있습니다. 왼손 팔목에는 주님으로부터 약속받은 '하늘나라의 열쇠'를 건 채 두 손을 꼭 마주 잡고 허공을 우러러보고 있는 베드로의 얼굴은 엘 그레코 특유의 비정상적인 길쭉한 얼굴로 묘사되어 있습니다. 흰 머리칼과 얼굴 가득한 턱수염, 완강한 근육을 가진 어부 출신의 베드로는 알 수 없는 허공의 한 점을 우러러보고 있는데 그 눈에는 눈물이 가득 고여 있습니다.
실제로 베드로는 주님이 승천하신 후 매일 새벽 첫닭의 울음소리와 함께 일어나 기도를 하고 몹시 울었다고 전해 오고 있습니다. 항상 수건 한 장을 가슴에 넣고 다니며 넘쳐흐르는 눈물을 닦았는데, 주님의 다정한 말씀과 함께 있었던 일들을 생각하면 주님의 사랑으로 눈물을 참을 수가 없었고, 또한 자기가 주님을 모른다고 세 번이나 부인한 일을 떠올리며 뉘우쳐 크게 울었기 때문일 것입니다. 너무나 자주 그리고 많이 울었으므로 베드로의 얼굴은 눈물에 젖어서 항상 짓물러 있었다고 합니다.

엘 그레코의 작품이 최고의 걸작으로 손꼽힌 것도 알 수 없는 허공을 우러러보며 울고 있는 베드로의 비통한 표정이 초자연적인 영성의 아름다움을 생생하게 묘사하고 있기 때문입니다.

성서 속에서 베드로가 처음으로 울기 시작하였던 것은 새벽닭이 운 순간이었습니다. 이때 '주님께서 몸을 돌려 베드로를 똑바로 바라보자' 비로소 주님의 눈과 마주친 베드로는 "오늘 닭이 울기 전에 너는 나를 세 번이나 모른다고 할 것이다."(루카 22, 61) 하신 주님의 말씀이 떠올라 슬피 울기 시작하였습니다. 베드로의 눈물은 이렇게 시작하였던 것입니다. 그러나 성서에 보면 베드로의 눈물보다 앞서 또 한 사람의 눈물이 등장하고 있습니다. 그것은 주님의 눈물입니다. 주님은 평소에 사랑하시던 마리아 자매와 따라온 유다인들까지 우는 것을 보신 후 비통한 마음이 북받쳐 올라 눈물을 흘리셨습니다. 하느님의 아드님이신 예수 그리스도께서 눈물을 흘리신 것입니다.

주님의 눈물.

우리는 울고 계시는 주님을 생각하면 가슴이 뜁니다. 우리는 살아 있지만 이미 죽은 사람의 냄새가 나는 라자로처럼 비참하고 절망적일 때 문을 걸어 잠그고 흐느껴 웁니다. 그러나 우리보다 먼저 문 밖에서 울고 계시는 주님이 계십니다. 주님은 눈물을 흘리시면서 이렇게 큰소리로 외치고 계십니다.

"이제 그만 나오너라."

베드로가 주님의 으뜸 제자가 될 수 있었던 것은 주님의 눈물을 엘 그레코의 그림처럼 베드로의 눈물로 이어받았기 때문입니다.

그러므로 주님,

제 눈에도 주님처럼 눈물이 넘쳐흐르게 하소서. 주님을 생각할 때마다 베드로처럼 흐느껴 울도록 하소서. 눈물로 우리의 영혼을 정화하여 하느님의 영광 속에서 죽음의 동굴을 벗어나게 하소서.

중세기 이탈리아의 화가 페루기니는 독실한 가톨릭 신자였습니다만 평소의 고백성사에 대해서 많은 회의가 있었습니다. 그래서 그는 벌을 받을까 겁이 나서 고백성사를 보고자 하는 그런 생각이 드는 경우에는 아예 성사를 보지 않겠다고 결심하였습니다. 왜냐하면 다만 벌을 받을까 봐 하는 고백성사는 하느님의 징벌을 막아 주는 보증서로 전락되어 하느님의 자비보다는 사제의 사죄에 대해 더 신뢰하게 될 위험성이 있었기 때문이었습니다.

그러다가 마침내 임종을 맞게 되었습니다. 이때 그의 부인이 고백성사를 안 보고 죽는 것이 두렵지 않느냐고 물었습니다. 이때 페루기니는 다음과 같이 대답하였습니다.

"여보, 난 평생 동안 그림을 그리는 화가였소. 내 전문직은 그림을 그리는 일이었고 화가로서 제법 뛰어났었다고 자부하오. 하느님의 전문은 용서하시는 일인데 그 하느님께서 내가 화가로서의 전문직을 잘 해 왔듯이 당신의 전문 일을 잘 하신다면 내가 두려워할 까닭이 없지 않겠소."

베드로가 '주님, 제 형제가 저에게 죄를 지으면 몇 번이나 용서해 주어야 합니까? 일곱 번까지 해야 합니까?' 하고 물었을 때 주님께서는 "일곱 번이 아니라 일흔일곱 번까지라도 용서하여라."(마태 18, 22)라고 말씀하신 것은 깊은 의미를 내포하고 있습니다.

주님이 그렇게 말씀하신 것은 이웃의 잘못을 무한대로 용서하라는 뜻을 담고 있는 것입니다.

그러나 그것이 가능한 일일까요. 주님께서 친히 가르쳐 주신 기도문에도 '저희에게 잘못한 이를 저희도 용서하였듯이 저희 잘못을 용서하시고'라는 구절이 있습니다만 우리에게 잘못한 형제를 무한정 용서하라는 말이 정말 가능한 일일까요. 그것은 아마도 불가능할 것입니다. 그러므로 주님은 '너희가 남을 용서할 수는 없다'는 진리를 가르치기 위해서 그렇게 말씀하신 것 같습니다.

내가 남을 용서한다는 것은 사랑의 행위인 것 같지만 실은 교만인 것입니다. 내가 어떻게 남을 용서할 수가 있겠습니까. 내가 남을 단죄할 수 없듯이 내가 남을 용서할 수도 없는 것입니다.

결국 인간의 용서는 행위가 아니라 인간이 하느님으로부터 이미 용서받은 존재이자 사랑받는 존재라는 사실을 깨닫는 발견입니다. 하느님으로부터 똑같이 비를 맞고 똑같이 햇빛을 받는 용서받은 존재임을 인식하는 것, 그것이 바로 우리들 인간이 할 수 있는 용서의 시작인 것입니다. 인간은 누구나 하느님 앞에 있어서는 이미 용서받은 자들인 것입니다. 따라서 우리의 용서는 '내가 너를 용서하는 것'이 아니라 '하느님으로부터 이미 용서받은 너를 인정하는 것'입니다. 내가 너를 용서한다면 베드로처럼 일곱 번도 용서할 수 없겠지만 그 형제가 이미 하느님으로부터 용서받은 존재임을 인정한다면 우리는 수만 번이라도 너를 용서할 수 있을 것입니다.

주님께서는 친히 우리에게 용서의 모범을 보여 주고 계십니다. 주님께서는 죄도 없이 십자가에 못 박혀 돌아가실 때 "나는 너희를 용서한다."고 말씀하시지 않고 "아버지, 저들을 용서해 주십시오. 저들은 자기들이 무슨 일을 하는지 모릅니다."(루카 23, 34) 라고 말씀하심으로써 용서야말로 하느님만이 하실 수 있는 일임을 분명히 가르치고 계신 것입니다.

하느님은 화가 페루기니의 말처럼 용서의 전문가입니다. 그러므로 우리의 기도문은 이렇게 바뀌어야 될 것입니다.

"하늘에 계신 우리 아버지, 오늘 저희에게 일용할 양식을
주시고 저희에게 잘못한 이웃이 이미 아버지로부터
용서받았으니 저희도 아버지의 용서를 배우게 하시고
저희를 유혹에 빠지지 않게 하시고 악에서 구하소서. 아멘."

사랑하는 벗이여

1849년 덴마크의 사상가 키에르케고르는 한 권의 책을 펴냈습니다. 이 책의 제목은 『죽음에 이르는 병』인데 이는 주님께서 라자로가 죽었다는 말을 전해 듣고는 '그 병은 죽음에 이르는 병이 아니다'라고 하신 그 말씀에서 따온 것입니다.

이 책 속에서 죽음은 육체적인 죽음이 아니라 영원한 생명의 상실을 의미하고 있습니다. 키에르케고르는 이 책 속에서 죽음에 이르게 하는 병은 절망이며, 절망이란 자기를 있게 한 하느님과의 관계를 상실하는 것이라 말하고 이 상실이야말로 죄라고 규정 짓고 있습니다. 때문에 그는 하느님과의 관계를 회복하는 회개와 신앙만이 죽음에 이르는 병에서 회복할 수 있는 길이라고 주장하고 있습니다.

주님께서 십자가에 못 박혀 돌아가실 때 두 명의 죄수도 함께 못 박혀 죽습니다. 왼쪽의 죄수는 죽는 순간에까지도 주님을 모욕합니다. 그러나 오른쪽의 죄수는 죽기 직전 자신의 죄를 뉘우치면서 주님께 자신을 기억해 달라고 간청합니다. 이로써 평생 죄를 지은 흉악범이었던 죄수는 바로 '오늘' 주님과 함께 인류 최초로 낙원에 들어가는 최고의 영광을 누리게 됩니다.

그에 비하면 왼쪽의 죄수는 바로 곁에 하느님의 아들과 나란히

십자가에 못 박혀 죽어 가면서도 주님을 모욕함으로써 스스로를 죽음에 이르게 하고 있는 것입니다. 가엾은 왼쪽의 죄수는 죽음에 이르는 직전까지도 하느님을 부정하며 그럼으로써 절망에 빠져 버립니다. 그러나 오른쪽의 죄수는 희망을 포기하지 않으며 다음과 같이 기도합니다.

'예수님, 선생님의 나라에 들어가실 때 저를 기억해 주십시오.'(루카 23, 42)

우리들의 인생은 주님 곁에서 함께 못 박혀 죽어 가는 두 명의 죄수와 같습니다. 우리는 우리가 한 짓을 보아서라도 십자가에 못 박혀 죽어 가는 것은 당연하지만 주님께서는 아무런 잘못도 없이 우리와 함께 사형선고를 받고 십자가에 못 박혀 죽어 가십니다. 그러나 우리는 죽어 간다 해도 절망하지는 않습니다. 왜냐하면 바로 오늘 나를 데리고 낙원으로 함께 들어갈 우리들의 왕, 예수께서 바로 우리 곁에서 십자가에 못 박혀 계시기 때문입니다.

주님이 약속하시는 하늘나라의 낙원은 내일이 아닙니다. 바로 오늘이며 우리가 평생을 통해 죄를 지었다 하더라도 과거를 묻지 않고 바로 이 순간부터 새신랑처럼 내 손을 잡고 함께 하늘나라의 결혼식장으로 행진해 들어가실 것입니다.

사랑하는 벗이여.

그렇습니다. 우리들의 병은 '죽음에 이르는 병'이 아닙니다. 주님께서 우리들을 죽음에서 부활시켜 주실 것입니다.

주님.

언제나 기뻐하겠습니다.

끊임없이 기도하겠습니다.

모든 일에 감사하겠습니다.

주님.

한 말씀만 하소서,

제가 곧 나으리이다.

로마의 국립미술관에는 독특한 모습을 한 한 사람의 조각상이 있습니다. 꼽추에 안짱다리, 불룩 나온 배, 허공을 노려보는 추악한 용모의 이 조각은 바로 고대 그리스의 우화寓話 작가인 이솝의 모습입니다.

동물의 행동, 성격들을 빌어서 적절한 교훈을 설교한 『이솝이야기』는 오늘날 모르는 사람이 없을 정도로 유명한 동물설화집입니다. 정확하지는 않지만 기원전 6세기경에 살았던 이솝은 원래 노예였으며 피살되어 비참한 생애를 마쳤다고 알려져 있습니다.

14세기경 이스탄불에 살고 있던 수도승 플라누데스가 편집해서 전승된 『이솝이야기』는 동물을 통해 인생의 기미機微를 교묘히 묘사하는 그 특유의 풍자성으로 인류가 낳은 최고의 우화라는 찬사를 받고 있습니다.

『이솝이야기』에는 많은 우화가 실려 있는데 그중에서 '여우와 포도' 이야기는 모르는 사람이 없을 것입니다.

어느 날 여우가 먹을 것을 찾아서 헤매다가 탐스럽게 보이는 포도송이를 발견합니다. 배고픈 여우는 그 포도를 따먹으려고 갖은 애를 썼지만 너무 높이 있어서 따먹을 수가 없었습니다. 그러자 여우는 그 자리를 떠나면서 이렇게 중얼거립니다.

"저 포도는 맛이 없을 거야. 저 포도는 신 포도일 테니까."

이 짧은 우화는 인간은 누구나 자기 힘이 모자라 무슨 일이 자기 뜻대로 되지 않을 때는 그것을 저주함으로써 마음의 위안을 삼는다는 어리석음을 풍자하고 있는 것입니다.

십자가에 못 박혀 돌아가실 무렵 주님은 '목마르다'라고 말씀하십니다. 그러자 군인들은 거기에 있던 신 포도주를 듬뿍 적신 해면을 우슬초 가지에 꽂아 주님의 입에 대어 드립니다. 주님께서는 신 포도주를 맛보신 후 '다 이루었다'고 말씀하시고는 고개를 숙이며 숨을 거두십니다.

성경에는 주님께서 목이 말라 갈증을 느끼시는 장면이 두 번 나옵니다. 그 하나는 먼 길에 지치신 예수께서 우물가에 앉아 사마리아 여인에게 물을 달라고 청하실 때이며, 또 하나는 위와 같이 돌아가시기 직전 '목마르다'라고 하신 말씀입니다.

"내가 주는 물을 마시는 사람은 영원히 목마르지 않을 것이다."(요한 4, 14)라고 말씀하신 주님께서도 막상 자신이 목이 마르셨을 때는 해면에 적신 신 포도주를 드실 수밖에 없으셨습니다.

『이솝이야기』에 나오는 그 신 포도. 배고픈 여우까지도 멸시하는 그 포도나무. 어리석은 우리들은 십자가에 높이 매어달린 '참포도나무'를 배고픈 여우처럼 "저 포도는 맛이 없어. 저 포도는 실 테니까."라고 저주합니다. 또한 우리들은 '샘물처럼 솟아올라 영원히 살게 하는 그분의 물'을 받아 마시면서도 정작 그분께서 목말라 하실 때 우리들은 멸시와 저주의 '신 포도주'를 그분의 입에 대어 드리는 것입니다.

아아, 이제야 알겠으니 진실로 목마른 사람은 우리가 아니라 주님이시며, 진실로 헐벗고 굶주린 사람은 우리가 아니라 주님이심을 이제 제가 알겠나이다. 주님, 온갖 죄악으로 더럽혀진 신 포도주인 저를 주님의 은총으로 정화하여 주시어 주님의 갈증을 적시는 한 방울의 물로 변화시켜 주소서. 주님의 목마름은 물 때문이 아니라 평화에 대한 갈증 때문이라는 마더 테레사 수녀님의 말씀처럼 저를 신 포도주에서 평화의 물로 변화시켜 주소서.

사랑하는 벗이여

오늘은 큰 소리로 기도를 하였습니다.

지금까지는 수술 후유증으로 항상 목청이 불안하였고, 또한 구내염으로 입도 아파서 나도 모르게 큰 소리로 기도했던 적이 없었던 것 같습니다.

처음에는 평소처럼 조용히 기도를 드렸습니다. 하지만 어느 순간 나는 아픈 입술이고 뭐고, 약해진 성대고 뭐고 이렇게 두려워하며 조심스럽게 기도할 이유가 어디 있냐는 생각이 들었습니다.

그래서 점점 소리를 높였더니 나도 모르게 자신감이 붙고 기도에 더 집중하는 느낌이 들었습니다. 소리를 지르자 마치 주님과 성모 마리아님께 떼를 쓰는 기분이 들었습니다. 그런데 그것이 오히려 나에게는 좋았습니다. 기도를 마치자 불안과 걱정이 사라지고 용기가 솟아올랐습니다.

저는 지금 고통을 겪고 있는 것이 아니라 고행을 하고 있음을 깊이 깨닫고 있습니다. 고통은 수동적인 것이지만 고행은 자발적인 것입니다.

주님을 향한 사랑을 가로막는 최대의 적은 바로 의기소침입니다. 나는 하느님을 향해 속삭이지 않을 자신이 있습니다. 앞으로는 목청이 터져라 큰 소리로 기도할 것입니다. 물론 주님은 귀머거

리도 아니고 내가 뭘 기도한다 해도 그 소원을 듣기 전에 내 마음을 잘 알고 계신다고 생각하지만 그래도 나는 산 위에 올라가 야호— 하고 소리를 외치는 사람처럼 소리 소리를 지르며 주님께 매달릴 것입니다.

밤도 늦고 집안의 문도 닫혔지만 소리쳐 부르며 떼를 쓰고 문을 두드리고 또 두드리면 차마 모른 체하지 못하시고 문을 열어 주실 것임을 나는 믿습니다.

주님. 내 입에서 감사합니다라는 말이 소리쳐 나올 때는 내 마음 전체가 감사하는 마음으로 가득 차게 해 주시고, 내 입에서 고맙습니다라는 말이 소리쳐 나올 때는 내 마음 전체가 고마운 마음으로 가득 차게 해 주소서. 내 입에서 사랑합니다라는 말이 소리쳐 나올 때는 내 마음이 사랑하는 마음으로 가득 차게 해 주소서. 물이 가득 채워져 잔이 흘러넘치듯, 내 마음이 먼저 가득 넘쳐 그 흘러넘치는 마음이 비로소 말이 되어 나오기를 나는 간절히 소망합니다.

교리 공부도 제대로 하지 않고 세례성사를 받았던 저는 그 무렵 한 여관에서 시나리오 작업을 하고 있었습니다. 함께 작업을 하던 배창호 감독은 신앙심이 돈독해서 늘 현장에 성경을 놓고 있었는데 저는 그곳에서 세례성사를 받은 후 처음으로 성경을 읽기 시작하였습니다.

그때 저는 놀라운 사실을 체험하였습니다. 성경의 한 마디 한 마디가 제 가슴에 와 닿는 것이었습니다. 그 전에는 먼 바다의 모래사장을 핥는 파도소리처럼 아득하게만 느껴지던 성경의 말씀들이 제 가슴 한복판까지 해일처럼 밀려들어 와 영혼을 적시는 느낌이었습니다. 저는 그때 주님의 성령이 제 마음에 오셨음을 알게 되었습니다.

그때였습니다. 우연히 거울을 본 순간 저는 제 얼굴이 변화하는 놀라운 모습을 보았습니다. 제 얼굴이 서너 개의 표정을 거쳐 마치 하이드에서 지킬 박사로 변하는 영화 속의 한 장면처럼 변화하는 것이었습니다.

이 신앙체험을 지금껏 아무에게도 털어놓은 적이 없습니다. 그러나 이제는 고백하여도 좋을 때가 되었다고 생각합니다.

주님께서 부활하신 후 처음으로 나타나셨던 첫 장면을 요한 복음

사가는 독특하게 묘사하고 있습니다.

'예수님께서는 그들에게 숨을 불어넣으며 말씀하셨다. '성령을 받아라.''(요한 20, 22-23)

성령이야말로 '주님의 숨'이심을 요한은 암시하고 있는 것입니다. 하느님은 흙의 먼지로 사람을 빚어 만드시고 코에 생명의 숨을 불어넣으시어 인간을 창조하셨습니다. 마찬가지로 하느님의 외아들이신 주님은 자신이 십자가에 못 박혀 죽으심으로써 우리들 몸에 숨을 불어넣으시어 신新인간을 창조하신 것입니다.

그렇습니다. 주님의 숨이야말로 성령이신 것입니다.

그러므로 이제부터 우리는 '내가 사는 것이 아니라 그리스도가 내 안에 사시는 것'입니다.

주님.

죄악의 물에 빠져 죽어 가는 저를 건져 내어 인공호흡의 성령으로 살려 내신 저의 하느님. 주님이 저를 지킬 박사로 만들어 주셨사오나 아직도 제 마음엔 하이드가 날뛰고 있습니다. 악마 하이드가 키로 밀을 까부르듯이 저를 제멋대로 다루고 있사오니 제가 믿음을 잃지 않도록 기도하여 주소서. 그리하여 마침내 제 마음속에 사랑, 기쁨, 평화, 인내, 호의, 선의, 성실, 온유 그리고 절제와 같은 성령의 열매가 맺어지게 하소서.

아아, 제가 요한복음과 같은 '인호복음'을 쓸 수 있다면… 오직 주님을 위해.

사랑하는 벗이여

저는 몹시 망설였습니다. 제가 신년 초부터 가톨릭 주보에 칼럼을 연재하는 것이 과연 옳은 것인지 아닌 것인지 올바른 판단이 서질 않았기 때문입니다. 솔직히 말씀드리면 다음번을 기약하고 연재를 사양하는 것이 순리라는 생각이 들었습니다. 왜냐하면 제가 지금 몸의 상태가 매우 안 좋기 때문입니다. 고도의 집중력을 요구하는 글을 쇠약함 속에서 감행하는 것이 과연 현명한 일인가, 무모한 일이 아닌가. 자만심이 아닐까. 아니면 자애심自愛心인가. 글을 쓰는 것이 과연 주님의 뜻인가. 주님의 말씀대로 '자기 십자가를 지고 주님을 따르는 길'인가 하는 혼란 속에서 어느 쪽이 옳은 길인지 명확한 판단이 서질 않았기 때문입니다.

최근에 저는 서너 차례에 걸쳐 성모병원에 입원해 있었고 아직도 병중에 있습니다. 며칠 전, 돌아가신 김수환 추기경님의 사진과 말씀들을 엮은 『그래도 사랑하라』라는 책을 읽다가 어느 한 구절에서 깊은 공감을 느꼈습니다. 그것은 '추기경님의 고독'에 관한 고찬근(루카) 신부님의 증언이었습니다.

"2008년 5월 23일.
오늘은 좀 무거운 말씀을 꺼내셨습니다.

'고 신부, 고독해 보았는가.'

'예. 고독하게 사는 편입니다.'

'나는 요즘 정말 힘든 고독을 느끼고 있네. 86년 동안 살면서 느껴 보지 못했던 그런 절대 고독이라네. 사람들이 나를 사랑해 주는데도 모두가 다 떨어져 나가는 듯하고, 하느님마저 의심되는 고독 말일세. 모든 것이 끊어져 나가고 나는 아주 깜깜한 우주 공간에 떠다니는 느낌일세. 세상 모든 것이 끊어지면 오직 하느님만이 남는다는 것을 내게 가르쳐 주시려고 그러시나 봐. 하느님 당신을 더 사랑하게 하려고 그러시는 거겠지?'"

감히 말씀드리면 저 역시 '깊은 고독' 속에 있습니다. 무엇보다 두려운 것은 그 고독이 '하느님께서 과연 계신 것일까 하는 악마적 의심'마저 불러일으킨다는 것입니다. 이 고독과 의심의 두려움은 제게 있어 이제 시작에 불과할 것입니다. 저도 언젠가는 우주선에서 빠져나온 미아처럼 '깜깜한 우주 공간에 떠다니는 끔직한 공포'와 정면으로 맞닥뜨리겠지요. 그러나 분명한 것은 추기경님의 말씀대로 고통과 공포 속에서도 완전히 자기를 버리게 하려는 하느님의 더 깊은 사랑이 현존함을 느끼게 되니, 주님이야말로 병도 주고 약도 주는 장난꾸러기 같은 불가사의한 분이라는 생각을 떨쳐 버릴 수가 없습니다. 그 고통 속에서 문득 떠오른 것은 하느님의 아드님이신 주님께서도 '아버지가 과연 아드님을 돌봐 주시는가' 하는 의혹과 절대 고독 속에서 돌아가시는 장면이었습니다. 깊은 근심과 번민, '괴로워 죽을 지경'(마태 26, 38)인 고통 속

에서 피땀을 흘리시며 기도를 올리시고 "제가 마시지 않고는 치워질 수 없는 잔이라면 아버지의 뜻대로 하소서." 하고 순명하신 후 "일어나 가자."(마태 26, 46)고 앞장서서, 스스로 선택한 십자가로 나아간 주님께서도 마지막에는 "엘리 엘리 레마 사박타니? (저의 하느님, 저의 하느님, 어찌하여 저를 버리셨습니까?)"(마태 27, 46)라고 절규하신 것을 보면 주님께서 약속하신 영원한 생명에 이르는 부활의 길이야말로 절대 고독 이상의 초 절대 고독, 한 처음 천지가 창조되기 전의 어둠 속을 거쳐야만 얻을 수 있는 '생명의 빛'이 아니겠습니까.

아아, 참으로 알 수 없는 일입니다. 우리들, 흙으로 빚은 인간으로서는 도저히 알 수 없는 하느님의 섭리겠지요.

사랑하는 벗이여

이런 종교적 우화가 있습니다. 하느님이 지상에 내려와 자신의 존재를 감추려 하셨습니다. 하느님은 인간이 자신의 존재를 쉽사리 발견할 수 없는 곳에 숨기로 하셨습니다. 하느님은 바다 속에 숨을까 아니면 깊은 산 속에 숨을까 망설이시다가 마침내 인간이 자신을 가장 발견하기 힘든 숨바꼭질의 장소를 발견하셨습니다. 그것은 인간의 마음속이었습니다. 인간은 하느님이 너무나 가까운 곳에 숨어 계심으로 해서 오히려 하느님을 보지 못합니다. 우리의 눈이 사물을 볼 수 있지만 눈 자체는 볼 수 없듯이, 우리의 칼이 무엇이든 벨 수 있지만 칼 자체는 벨 수 없듯이, 하느님이 바로 내 마음 안에 계심으로 해서 우리는 하느님을 쉽사리 발견해내지 못하는 것입니다.

주님.

이제야 알겠습니다.

최후의 유언으로 "보라, 내가 세상 끝 날까지 언제나 너희와 함께 있겠다."(마태 28, 20)는 말씀을 남기신 주님께서 나와 함께 계신 곳은 바로 '내 마음[心]'속임을.

이해인 수녀님.

고생이 많으시죠.

저는 7번의 항암 주사와 35번의 방사선 치료를 받고 결과를 기다리고 있습니다.

평생 처음 큰 수술과 큰 병을 앓고 보니 느낀 바가 많습니다.

주님께서 저를 변화시켜 주기 위한 좋은 계기라고 생각하고 있습니다.

수녀님도 그러하리라 생각하고 있습니다.

'참고 견디면 구원을 받을 것이다'라는 주님의 말씀이 요즈음의 제 화두입니다.

수녀님, 저를 위해 기도해 주십시오. 유혹에 약한 저의 천성과 어두움에 익숙한 저의 습관이 주님의 은총에 의해서 변화되어 한 걸음이라도 주님의 십자가에 동행할 수 있도록 수녀님 저를 위하여 빌어 주십시오.

쾌유된다면(주님이 허락하시겠지요) 오랫동안의 구상인 주님의 일생에 관한 소설을 죽기 전에 완성하는 것이 이 죄 많은 죄인이 주님께 드릴 수 있는 보속이라고 생각합니다.

기도 중에 수녀님을 기억합니다. 그리고 평생 동안 만난 거는 얼마 안 되지만 오누이 같았던 우정에 대해서도 감사드립니다.

주님이 우리 중에 계신데 두려움이 어디 있고 걱정과 근심이 어디 있겠습니까.

주님,

사랑하는 이해인 수녀님께 자비를 베푸소서.

주님,

사랑하는 이해인 수녀님께 자비를 베푸소서.

주님,

사랑하는 이해인 수녀님께 평화를 주소서.

이해인 수녀님.

답장이 늦었습니다. 쓴다 쓴다 하면서도 하루하루 미루다가 이제야 편지를 씁니다.

힘드시지요.

저도 방사선 치료가 힘들어서 그것이 얼마나 고통스러운지 알고 있습니다.

무사히 끝내셨다니 다행입니다.

평생 처음(교통사고로 입원했던 적은 있었지만 괴롭지 않았습니다) 환자다운 환자 노릇을 하고 있는데 많이 느끼고 배우고 있습니다. 최근에 성당에서 미사를 드렸는데 젊은 신부님이 강론 중에 이런 말씀을 했습니다.

'머지않아 그분의 뜻이 드러나게 될 것입니다.'

그 말이 화살처럼 제 뇌리에 꽂혔습니다. 주님께서 저와 수녀님께 그분의 뜻을 머지않아 드러낼 것입니다.

아니 벌써 드러내셨겠지요.

참으로 정 많은 수녀님의 편지는 까마득히 잊었던 소년 시절을 떠올리게 했습니다.

요즈음엔 매일같이 사무실에서 가까운 동산을 오르락내리락 하고 있습니다.

내 유일한 즐거움은 등산입니다. 항암 주사를 맞을 때도 방사선 치료를 할 때에도 매일같이 산을 올랐습니다.

내 나름대로 겟세마니 동산이라 설정하고 혼자서 가상 무대를 상상하고 있습니다. 몸이 조금 회복되니 갖은 내 심신의 뿌리인 악의 어둠이 서서히 나를 유혹합니다. 수녀님이 저를 위해 기도를 해 주십시오.

이 어둠이 가실 수 있을 때 내 영혼은 비로소 등잔불처럼 타오를 수 있을 것입니다.

몸은 마르셨나요. 나는 8kg이 줄었습니다.

완전히 물레를 돌리는 간디의 모습이 되었습니다.

기도 중에 기억하고 있습니다. 빠르게 회복되시고 주님의 은총으로 더 깊고 맑은 영혼의 우물을 파시기를 간절히 소망합니다.

'참고 견디면 구원을 얻습니다.'

어디에 나오는 구절인지 모르지만 수술 다음날인가 병원 성당에서 들었던 성경 구절 중의 한 부분입니다.

수녀님과 저는 참고 견디면 구원을 받을 수 있을 것입니다.

그럼 안녕히 계십시오.

사랑하는 벗이여

역사에 이름을 남긴 사람들은 대부분 무엇을 발견하거나 명작을 썼던 창조자들입니다. 그러나 성인들은 무엇을 만들거나 업적을 남긴 사람들이 아니라 자신들의 인생 자체를 완덕의 경지로 창조한 사람들입니다. 그 성인들 중에 가장 사랑을 많이 받은 분은 소화小花 테레사일 것입니다.

대부분의 성인들이 극적인 인생을 산 것에 비하면 성녀의 생애는 너무나 단순합니다. 15살에 봉쇄수도원인 가르멜수녀회에 들어간 성녀는 24살의 나이로 숨을 거둡니다.

이처럼 짧고 단순한 인생을 살아간 성녀임에도 불구하고 테레사 성녀는 우리 신자들 누구나의 가슴속에 피어난 한 떨기의 작은 꽃입니다. 테레사 성녀는 언제나 '작은 것'을 꿈꾸었습니다.

"기도해 주세요. 아무쪼록 작은 모래알이 언제나 자기가 있어야 할 곳인 모든 사람의 발아래 있기를."

편지의 내용처럼 작은 모래알이 되기를 소망했던 소화 테레사는 자서전에서 자신을 주님의 '작은 꽃'으로 비유하기도 했습니다. 1897년 9월 30일 아침, 성녀는 이런 말을 남기고 숨을 거둡니다.

"이 생명의 저녁에 나는 '빈손'으로 당신 앞에 나아가겠나이다."

평생 '작은' '더욱 작은' '더욱 하찮은' 존재를 꿈꾸었던 이 성녀는 그 작은 존재마저 버리고 마침내 텅 빈 손이 되었습니다. 죽기 전 성녀 소화 테레사는 우리에게 장미의 꽃비를 내려 주겠다고 약속했습니다.

우리의 주님도 돌아가신 후 무덤에 묻히셨습니다. 그러나 사흘 만에 부활하셨습니다. 그러나 주님이 부활하시기 전에 주님께서 묻히셨던 무덤이 먼저 텅 비었음을 우리는 잊어서는 안 될 것입니다. 우리의 두 손이 텅 비었을 때야 비로소 우리의 두 손이 오롯이 합장되어 기도할 수 있는 것처럼 무덤이 비지 않으면 주님도 부활할 수 없었을 것입니다. 우리는 모두 죽어야 합니다. 죽어서 무덤 속에 묻혀야 합니다. 그런 후 마음의 무덤은 성녀의 빈손처럼 무無가 되어야 할 것입니다. 그래야만 살아 계신 주님께서 죽은 자 가운데서 부활하신 것처럼 우리도 주님처럼 새 생명을 얻을 수 있습니다.

우리의 마음에 장미 꽃비를 내려 주시는 소화 테레사 성녀님. 이 생명의 저녁에 빈손으로 주님 앞에 나선 성녀님을 본받아 빈 무덤을 이룰 수 있도록 빌어 주소서. 성녀님이 작은 모래알이 점점 작아져 드디어 무로 돌아가도록 기도해 달라고 편지에 쓰셨듯 우리도 성녀님을 본받아 텅 빈 손을 이루게 하소서.

"이 생명의 저녁에 나는 '빈손'으로 당신 앞에 나아가겠나이다."

겸손은 자신과 자신의 의지를 완전히 버리고 온전히 하느님께 모든 것을 의탁할 수 있을 때에만 가능합니다. '나'를 없애고 주님으로 채우는 것이 바로 정화의 과정이며 주님이 주시는 은총임을 이제야 깨달았습니다.

사람에겐 두 가지의 '나'가 있습니다.

하나는 남에게 보여지는 '나', 혹은 남에게 인정받으려는 '나'이며, 다른 하나는 하느님으로부터 창조되어진 '나'입니다. 남에게 보여지는 '나'는 '우상'이며 이 세상의 모든 가치관은 남에게 보여지는 '나'들의 '시장'입니다. 그러므로 육신과 세속에 대해서는 온전히 죽는 것이 모든 성인들의 소망이었습니다. '제 3의 눈', 그것은 바로 하느님의 눈입니다. 하느님의 눈과 마주할 수 있을 때, 사람은 비로소 '사람의 아들'이 됩니다.

주님께서 주시는 고통을 통해 내 자신이 주님의 도움 없이는 한 발자국도, 숨 한 번도 쉬지 못하는 무생물의 존재임을 깨닫게 하시고, 견딜 수 있는 힘과 용기도 함께 주소서.

제 보잘것없는 고통이 작으나마 주님의 고통을 덜어드릴 수 있는 도움이 되게 하시고 절대로 악마에게서 지켜 주소서.

마음속으로는 기쁨을 느끼지 못한다 하더라도 얼굴에는 미소가

떠나지 않게 하소서. 겟세마니 동산의 피땀을 생각게 하소서.

잠이 들었던 제자들과 달리 한 시간만이라도 깨어있게 하소서.

육체는 악마이며 이 육체는 주님으로 가는 시선조차
방해하려고 합니다.
아아, 주님 도와주소서. 주님의 도우심 없이는
저는 불타는 연옥의 가장 버림받은 영혼입니다.

주님. 제 허리띠를 묶고 저를 끌고 가소서.
저는 눈먼 자이니 제 뜻과 의지로는 할 수 있는 것이
아무것도 없나이다.
성모님 이제와 우리 죽을 때에 불쌍한 죄인을 돌보소서.
품에 안아 주소서.

오늘은 2013년 새해 첫날입니다. 아이들이 찾아온다고 합니다.
주님, 제게 힘을 주시어 제 얼굴에 미소가 떠오를 수 있게 하소서.
주님은 5년 동안 저를 이곳까지 데리고 오셨습니다. 오묘하게.
그러니 저를 죽음의 독침 손에 허락하시진 않으실 것입니다.
제게 글을 더 쓸 수 있는 달란트를 주시어 몇 년 뒤에 제가
수십 배, 수백 배로 이자를 붙여 갚아 주기를 바라실 것입니다.

그러나, 사랑하는 벗이여.

혹시 무슨 일이 생기면 억지로, 강제로 내 생명을 연장시키려

노력하지 말 것을 부탁합니다.

2013. 1. 1. 잠들려 하기 전

휴식

괴테의 시 문구
'산봉우리마다 휴식이 있으리라'처럼
나는 휴식을 취하였노라

절규하고 싶은 산골짜기
험준한 돌파구니 새로
나는 한줌 흙이 되어 휴식을 취하였노라

하늘은 마냥 힘찬 노래를 부르고
샘은 퍼런 심연深淵을 그리고 앉았는데
나는 내 님처럼 그윽한 곳에서
울며 크게 외치고 싶은 한줌의 황토흙이 된 채
내 여기 고요히 숨을 쉬노라

크게 소리를 지르면
그 산봉우리, 산봉우리 사이 퍼런 하늘은
사내다운 메아리를 주어서
나는 내 님처럼 고운 소리를 지르기는 싫노라!

허나
나는 결코 잠을 자지 않노라

하늘이 열리고 번개가 치는 날에

나는 내 이 시퍼런 감정들에게
하늘을 용트림 치며
날아다니라고 일러두리라

그 언제부터였던가
하늘은 열리려는 암시를 주고
번개는 아우성치려는 예측을 주었던 때가…

그때 나는
'보라! 내 감정은 살아 하늘을 날고 있지 않은가?'
하고 소리치리라
결코 나는 조용한 휴식에 묻힐지언정
결코 나는 잠을 자지 않노라

먼 후일
모든 산봉우리에 긴 휴식이 오는 날
모든 이들은 과거처럼 고요히 한줌 흙이 되어 휴식을 취하리라

허나 나는 고요히 휴식을 택하였노라
괴테의 시 문구
'모든 산봉우리에 휴식이 있노라'처럼…

- 서울고 1년 최인호, 1961년 〈학원〉

2013년 9월 28일 아침, 명동성당

친애하는 형제자매 여러분!

오늘 우리는 지난 수요일 우리 곁을 떠나 하느님 품안에 드신 우리가 사랑하는 최인호 베드로 선생을 추모하는 미사를 봉헌하고 있습니다.

먼저 최인호 베드로 선생을 통해 보여 주신 하느님의 사랑에 감사드립니다.

최인호 베드로 작가님의 선종에 깊은 애도를 표합니다. 거칠고 험한 삶 속에서도 위로와 희망을 건네시던 선생님을 이제는 더 이상 만날 수 없다는 생각에 슬픔을 감출 수가 없습니다.

최인호 베드로 작가는 삶을 통찰하는 혜안과 인간을 향한 애정이 녹아 있는 글을 쓰시면서 많은 국민들에게 사랑을 받으셨던 작가셨습니다.

또한 독실한 가톨릭 신자로서 암 투병 중에도 서울대교구 '서울주보'에 옥고를 연재하시며 신앙인들에게 당신의 묵상을 조금이라도 더 나누고자 노력하셨습니다. 선생의 글은 몸과 마음이 아픈 이들에게 휴식이었고 힘이었고 깊은 감동이었습니다. 이제 지상에서의 삶을 마친 최 베드로 작가님께서 육신의 고통에서 벗어나 평소 늘 바라고 기도하신 대로 하느님 나라에서 영원한 안식을 누리시길 두 손 모아 기도합니다. 고인의 선종에 애도를 표해

주시고 장례를 위해 수고해 주신 모든 분들에게 감사드립니다.

최인호 베드로 선생의 선종은 우리에게 많은 가르침을 주고 가셨다고 생각합니다. 단순히 말이나 글뿐만 아니라 당신의 몸과 마음 전체로 가르침을 보여 주셨습니다. 특히 암 투병을 통해 신앙을 증거하셨습니다. 지난 월요일 나는 병실을 찾아가 선생에게 마지막 병자성사를 집전했습니다.

선생은 병자성사를 마치고 활짝 웃으면서 무언가 이야기하려고 안간힘을 썼습니다.

그때 비로소 하신 말은 "감사합니다."였습니다. 나는 그분이 평생토록 받으신 사랑에 대한 응답이란 생각이 들었습니다. "감사합니다." 반대로 우리가 최인호 선생님께 드리고 싶은 말씀입니다. 특별히 선생은 암 투병 중에 아픈 이들에게 희망을 주려고 애를 쓰셨습니다. 그리고 인간의 마음속에 있는 사랑의 고귀한 정신을 일깨워 주셨습니다.

지난 2006년 2월 말에 처음으로 최인호 선생을 만났습니다. 우리는 인터뷰 중 성경 구절에 대해 이야기를 나누었습니다.

주님께서 부활하신 후 나타나 베드로에게 세 번이나 물었던 '너는 나를 사랑하느냐'는 질문에 관한 내용이었습니다. 이 베드로에게 주님이 하신 질문은 제가 1961년 처음 사제로서 서품 받을 때 상본像本에 적혀 있던 문구이기도 합니다.

그러자 그분은 나에게 이렇게 질문했습니다.

"그렇다면 묻겠습니다. 추기경님께서는 주님을 사랑하십니까?"

그때 나는 이렇게 대답한 것 같습니다.

"감히 제가 주님을 사랑한다고 대답할 수 있겠습니까. 저는 다만 베드로의 대답을 빌려 다음과 같이 말할 뿐입니다. '아이고 주님, 제가 주님을 사랑한다는 것을 모르실 리가 없습니다.'"

그리고 우리는 둘 다 활짝 웃었습니다.

이 말을 나는 최인호 선생에게 병자성사를 줄 때 마지막으로 이 야기했습니다.

"선생을 하느님이 사랑하십니다. 선생이 그것을 모를 리 없습니다."

그러자 최 선생님은 고개를 끄덕이며 웃었습니다. 그 미소가 마치 어린아이 같았습니다.

우리는 최인호 선생님이 떠난 자리를 보며 허전함과 아쉬움이 크지만 우리가 슬픔에만 빠져 있어서는 안 됩니다. 그것은 최인호 선생이 바라는 것이 아닙니다.

선생을 본받아 더 많은 사람들이 자신들의 달란트를 통해 사랑하고 봉사하기를 원하실 것입니다.

예수님이 부활하시고 승천하신 후 제자들에게 나타난 천사의 말씀이 떠오릅니다.

"갈릴래아 사람들아, 왜 하늘을 쳐다보며 서 있느냐? 너희를 떠나 승천하신 저 예수님께서는, 너희가 보는 앞에서 하늘로 올라가신 모습 그대로 다시 오실 것이다."(사도 1, 11)

그렇습니다. 이제는 우리도 사랑의 마음으로 눈을 떠야 합니다. 그리고 우리가 어떠한 어려운 상황을 극복하기 위해서는 자신을 사랑하고 그리고 이웃을 진정으로 사랑해야 합니다.

이 사랑은 마치 그리스도께서 죽음을 통해 실현했던 사랑입니다. 그리스도의 이 사랑을 통해 우리 인간은 영원한 생명을 얻게 되었습니다. 사람은 죽어 떠나도 사랑과 선행만이 남게 됩니다. 최 선생님이 저술하신 100권이 넘는 작품들이 이 세상에 사랑과 선행을 남길 것입니다. 우리는 영원히 우리를 사랑했던 최인호 베드로 선생을 마음속에 기억할 것입니다. 그리고 하느님의 나라에서 우리는 언젠가 영광스럽게 다시 만날 것입니다.

다시 한 번 최인호 베드로 선생처럼 훌륭한 분을 우리에게 보내 주셨던 하느님께 감사드립니다.

고인의 명복을 빌면서 최 선생님이 서울주보에 쓰셨던 글을 읽으면서 강론을 마치겠습니다.

"우리들이 이 순간 행복하게 웃고 있는 것은 이 세상 어딘가에서 까닭 없이 울고 있는 사람의 눈물 때문입니다. 그러므로 우리는 이 세상 어딘가에서 울부짖고 있는 사람과 주리고 목마른 사람과 아픈 사람과 가난한 사람 들의 고통을 잊어서는 안 됩니다."

주님! 세상을 떠난 최 베드로에게 천국 문을 열어 주시어 영원한 생명으로 받아 주소서. 아멘.

_ 정진석 (추기경)

최 베드로. 인호 형님. 이제 그렇게도 의지하시고 사랑하시던 주님을 만나셨겠지요.

이 세상 왔다가 저세상으로 가는 것이 마음먹은 대로 되는 것이 아니지만 그래도 너무 서둘러 저희 곁을 떠나셨습니다.

주님의 부름이라 어쩔 수 없겠지만 서두른 발걸음이 조금은 원망스럽기도 합니다.

어린 나이에 작가로 등단하여 수많은 작품을 남긴 형님의 글쓰기는 어제의 참을 수 없는 긴 고통의 시간까지 끊임없이 이어지며 우리에게 위로와 감동과 기쁨을 주었지요. 그런 형님과 함께 살아온 날들이 참으로 행복했고 감사했습니다.

인호 형님은 오랫동안 함께 지내오면서 문득문득 저에게 도움이 되는, 살아가는 데 지침이 되는 그런 말씀을 많이 해 주셨습니다. 그것의 대부분은 이미 우리가 너무도 잘 알고 있어서 그냥 지나칠 수 있는 그런 내용이었지요. 오늘 그 중 하나를 많은 분들과 공유하고 싶어서 함께 나눈 내용을 잠시 소개토록 하겠습니다. 그건 아마도 형님이 가톨릭에 귀의하여 막 세례성사를 받은 직후였던 것 같습니다.

"아우야, 성경 말씀에 '원수를 사랑하라'(마태 5, 43)는 말씀이 무슨 말인 줄 알겠냐?"

그 당연하고도 쉬운 질문에 저는 무슨 다른 뜻이 있을까, 눈만 껌뻑거리고 있었지요. "그야말로 원수를, 적을, 나쁜 사람을 사랑하라는 말일까. 아냐, 그런 사람은 원수가 될 수 없어. 안 보면 그만이니까. 원수를 사랑하라는 말은 자기와 가까운 사람을 사랑하라는 말이야. 그럼 가장 가까운 사람은 누구일까? 바로 자기 아내, 자기 남편, 자기 자식, 자기 부모들이지. 이들을 열심히 사랑하라는 말이지."

형님이 해 준 그 말씀은 그날 이후로 제 가슴을 뜨겁게 하면서 아직까지도 마음속에 고스란히 살아 있습니다. 인호 형님은 이와 같은 주님의 말씀을 많은 글에서, 그리고 가톨릭 주보에도 연재하면서 참으로 큰 감명과 기쁨을 독자들에게, 신자들에게 주었습니다. 일반적으로 주보라는 것이 성격상 함부로 할 수 없는 경건함과 엄숙함 때문에 보통은 주눅이 들어서 무난하고 점잖은 내용이 대부분이지요. 하지만 형님은 달랐습니다. 형님의 솜씨가 아니면 주님께서 곱게 봐 주시지 않을 파격적인 글들을 통해 많은 신자들이 즐거워했고, 감동했습니다. 그래서 우리 모두가 주님과 더욱 친해지고, 주님께 더욱 가까이 갈 수 있는 길을 열어 주셨지요. 형님, 이제 헤어질 때가 되었습니다. 모르셨나요? 형님이 점점 아이와 같은 모습으로 변하셨던 것을? 어느 날 양복 상의에 반바지를 입고 거기에다 운동모자를 쓰고 제 앞에 나타난 적이 있었습니다. 조금은 이상한 행색의 형님에게서 놀랍게도 저는 한 소년의 모습을 보았습니다. 얼굴의 주름은 더 깊어지고, 그 단단하던 몸은 앙상하게 말랐지만, 천진난만한 미소는 얼마나 좋았는지요. "너희가 회개하여 어린이처럼 되지 않으면 결코 하늘나라로 가지 못한다."(마태 18, 3)는 주님의 말씀을 저는 굳게 믿습니다. 주님, 우리의 어린아이 최인호 베드로를 큰 팔 벌려 꼭 안아 주십시오. 아멘.

이제 시와 같은 짤막한 문장을 여러분께 소개토록 하겠습니다. 이것은 인호 형이 2013년 9월 10일 아침에 구술한 것을 형수님이 받아 적은 시와 같은 짧은 글입니다. 마지막 유고가 되겠지요.

먼지가 일어난다.
살아난다.
당신은 나의 먼지.

먼지가 일어난다.
살아야 하겠다.

나는 생명,
출렁인다.

_ 안성기 (영화배우)

ES IST SINNLOS
SAGT DIE VERNUNFT
ES IST WAS ES IST
SAGT DIE LIEBE
ES IST UNGLÜCK
SAGT DIE BERECHNUNG
ES IST NICHTS ALS SCHMERZ
SAGT DIE ANGST
ES IST AUSSICHTSLOS
SAGT DIE EINSICHT
ES IST WAS ES IST
SAGT DIE LIEBE
ES IST LÄCHERLICH
SAGT DER STOLZ
ES IST LEICHTSINNIG
SAGT DIE ERFAHRUNG
ES IST WAS ES IST
SAGT DIE LIEBE

is

between

… 그리고 작가 최인호 베드로에게 편지들이 도착합니다

이 글을 쓰면서도 최 선생님이 너무도 먼 거리의 저세상으로 떠나셨다는 것이 믿겨지지 않습니다. 비록 선생님의 건강 문제로 볼 수도 들을 수도 없었지만, 거의 매일 기도 안에서 만나 뵐 수 있었으니, 다만 차원만 다를 뿐 저는 언제나 선생님의 모습을 뵙고 목소리 또한 듣고 있었습니다. 평소 그토록 탐닉하셨던 소화 테레사 성녀의 확신처럼 '세상을 떠나는 날이 가장 큰 축일'이라고 믿고 기다리시도록 최 선생님에게 은총을 베풀어 주신 하느님께 감사드립니다. 오랫동안의 투병 생활은 연옥을 거치는 고통의 시간과 다를 바 없었을 것입니다.

오늘 성당에 설치할 스테인드글라스를 갓 구워 냈습니다. 햇빛에 비춰 보면서 늘 투명한 빛과 함께하실 최 선생님을 생각했습니다. 베드로 성인처럼 눈물을 많이 쏟으셨다는 말을 들었습니다. 최 선생님의 눈물은 아마 지상에서 누렸던 짧고 허무한 속세의 빛에 대한 통회의 눈물이 아니었을까 싶습니다.

고해성사 때, 그 겸허하고 진지하셨던 모습이 아직도 눈앞에 어른거립니다. 무릎까지 꿇고, 하느님께 하셨던 새 삶의 약속… 예수님의 전기를 쓰시겠다고 제게 말씀하셨던 굳은 의지… 그리고 2015년 시화집詩畫集을 함께 내기로 한 저와의 약속. 소설 대신에 시도 써 보시는 기회가 아니냐고 했을 때 그 가득했던 미소. 사실 지금에 와서야 고백합니다. 그때 저는 우리의 약속이 실현되기 어렵다는 것을 알고 있었습니다. 하지만 하느님이 하시는 일이라면 이뤄질 수 있다고 굳게 믿었습니다.

미래에 대한 포부가 있을 때만이 사람은 희망의 견인차에 끌려가기 때문입니다.

감동을 받으신 벨기에의 다닐스 추기경님께서 보내 드린 용기의 글, 늘 간직하고 계셨겠지요?

비록 글로 남기진 않았지만 사람들의 마음에 주님의 말씀을 깊이 새기셨던 도미니크 성인처럼 어둠 속에서 걸러 낸 최 선생님의 광명의 글은 성인들의 통공 가운데 메마른 곳을 환히 비추실 것입니다.

금년 6월에 제가 영적 스승님으로 모시는 102세의 알베르 천사 신부님께서 선종하셨습니다. 생전에 최 선생님을 위해 함께 두 손 모아 기도드렸습니다. 아마 천국에서 최 선생님을 먼저 알아보고 무척 반가워하실 듯합니다.

10월인 지금, 왠지 문득 보고 싶은 나비가 아틀리에의 조그만 창문으로 날아 들어올 것만 같습니다. 부활을 상징한다는 나비와 최 선생님이 함께 떠올려집니다.

_ 김인중 (신부, 화가)

병동 창가에는 작은 성모상이 모셔져 있습니다.

복도 바닥에 자신을 완전히 낮추어 간절히 기도하는 최인호 선생님의 모습을 보며 저는 생각했습니다.

'이제 점점 더 성모님이 계시는 하느님 나라로 가까이 다가가시는구나.'

저도 작년 5월에 암 수술을 받고 환자가 되었습니다. 그동안 큰 수술을 네 번이나 받은 중한 환자입니다. 지난 9월 한 달간, 최 선생님과 같은 병동에 입원을 한 덕분에 수시로 병실을 찾을 수 있었습니다. 선생님이 겪으시는 것에 비하면 제 고통은 아무것도 아닌데도 선생님은 늘 제 걱정을 하셨습니다.

선생님은 고백성사를 하고 싶으시면 늘 저에게 오셨습니다.

마지막 고백성사 때입니다.

고백을 듣는 사제인 제 옆에 평생토록 애틋이 사랑하며 살아온 부인 황정숙 아나스타시아가 함께 하셨습니다. 최후의 고백성사를 하시며 부인께 최후의 사랑고백도 하셨습니다.

말 한마디 하기 어려운 순간임에도 선생님은 요한복음을 끊임없이 칭찬하셨습니다.

"요한복음이 최고예요! 요한복음이 하느님 말씀의 백미예요!"

최 선생님이 생전 각별하게 여겼던 복음 말씀은 '내 마음이 괴로워 죽을 지경이다. 너희는 여기에 남아서 나와 같이 깨어 있어라'

는 마태복음 26장 38절이었습니다.

최인호 베드로님은 정말로 눈물을 많이 흘리셨습니다. 제가 듣기로는 평소에 눈물을 잘 흘리지 않는 분이셨다고 합니다. 하지만 신앙인으로서의 베드로는 하느님 앞에서 정말로 눈물을 많이 흘리셨습니다. 고백성사 때는 특히 그러하셨습니다. 그 눈물은 죄의 고백과 함께 참회의 눈물일 때도 있었으며, 예수님께 드리는 사랑의 눈물일 때도 있었습니다.

최인호 선생님께서 임종하신 직후 저는 선생님이 영원한 안식을 누리도록 해 주시기를 성모님께 기도 청하며 묵주기도를 바쳤습니다.

선생님, 장하십니다!
5년여 긴 시간! 그 혹독한 병고를 장하게 이겨 내시다니 정말 축하드립니다.
세상에서 연옥 벌 다 받으시고 이제 졸업하셨으니 정말로
'찬란하게 마치신 인생 졸업' 축하드립니다!

선생님은 세상에서 많은 고난을 당하셨습니다. 그러나 용기를 잃지 않으시고 세상을 이기셨습니다. 마지막까지 최인호 선생님께서 살고자 했던 이유는 '생존에 대한 집착'이라기보다는 '소설을 쓰고자 한 열정' 때문이었을 것입니다.

최인호 베드로가 흘린 그 많은 눈물은 이제 천상에서 최고의 보석이 되었습니다.

최인호 선생님의 가족과 선생님을 아는 분들, 선생님의 작품을 사랑하는 모든 분들에게 늘 살아 있는 보석이 되리라 여깁니다.

"주 예수 그리스도님, 최인호 베드로에게 영원한 생명을 주시옵소서."

_ 곽성민 (신부)

최 베드로 선생님!

지금쯤이면 하늘나라에서 그렇게도 그리워하셨던 어머니를 만나 어리광을 부리며 얼굴에 뽀뽀를 해 드렸겠지요? 제가 처음 선생님을 만난 것은 1995년 겨울에 서울주보 집필진이 함께 모인 식사자리였죠. 당시 서는 서울주보 〈불기둥〉란을 쓰고 있었고, 선생님은 〈말씀의 이삭〉란에 기고를 하고 계셨죠. 그때 선생님의 첫 인상은 무척 카리스마가 있고 조금은 냉정한 모습이었습니다. 무척 반짝이고 맑은 눈빛을 가지셨던 것으로 기억이 납니다. 하지만 모임을 마치고 집으로 돌아가는 뒷모습이 조금은 쓸쓸해 보였습니다.

그 후 시간이 흘러 2006년 2월, 정 추기경님의 서임 발표 후 한 일간지와의 인터뷰 때 다시 뵈었습니다. 선생님은 추기경님께 거침없이 질문을 하셨지요. 그리고 얼마 후에 선생님 부부는 정 추기경님 초청으로 주교관에 식사를 하러 오셨죠. 부부가 교구청 마당에 들어서자마자 성모자상 앞에서 성호를 긋고 눈을 감은 채 두 손 모아 기도하던 모습은 아직까지도 눈에 선합니다.

그리고 다시 시간이 흘러 선생님의 투병 소식을 들었습니다. 한 번은 선생님께서 정 추기경님과 통화를 원하셨죠. 그때 추기경께서는 "하느님께 모든 걸 맡기세요. 그리고 힘내세요."라고 하셨죠. 선생님은 추기경님의 말이 큰 힘이 된다고 하셨죠. 선생님은 그 무서운 병과 싸우는 와중에도 서울주보에 기고를 하고, 소설도 출간하셨지요. 그날 통화 중에 정 추기경께서는 "아픈 분이 어디서 그런 글을 쓸 힘이 나올까 한참 생각했다. 재주만 갖고 글을 쓴다면 그런 힘이 안 나온다. 나를 포함해 세상 많은 사람을 도와주고 있는 그 재능을 더 오래 발휘하기 바란다."라고 격려하셨습니다.

그리고 작년 성탄에는 제가 인사 문자를 보냈죠. 이윽고 선생님의 답문이 도착했습니다. "신부님, 고맙습니다. 근데 제가 너무 아파요. 기도해 주세요. 제가 이겨낼 수 있을까요. 두려워요." 용기를 내시라고 답했지만, 그 문자 한 통에 마음이 무척 아팠습니다. 지금도 제 휴대폰에는 그 문자가 남아 있습니다.

지난 9월 23일 서울 성모병원에서 선생님을 마지막으로 만났네요. 그날 정 추기경님을 모시고 병실에 도착했는데, 병색이 짙은데도 선생님은 미소를 지으려고 안간힘을 쓰셨지요. 정 추기경님께서는 선생님의 두 손을 잡고 아무 말씀 없이 아주 오랫동안 선생님의 눈을 가만히 쳐다보셨지요. 그리고 약 10여 분 후 고백성

사를 끝낸 선생님의 얼굴을 뵈었을 땐 그렇게 평화로워 보일 수
없었습니다. 이어 병자성사가 진행되었고 선생님은 성체를 넘길
수 없어 따님과 며느리가 대신 받아 모셨지요. 추기경님께서 "딸
과 며느님이 선생님을 대신해서 성체를 영하는 것입니다."라고
하자 선생님은 고개를 끄덕였지요. 예전에 선생님께서 아픈 어머
니를 대신해서 미사에 참례했을 때, "이 성체는 제가 아니라 어머니
가 모시는 것입니다."라고 기도하셨던 말씀이 떠올랐습니다.

당시 선생님은 병상에 계시던 어머니를 위해서 무엇을 할까 생각
하다가 묵주기도를 같이 드리자고 했다지요. 그러자 눈을 잘 못
뜨시던 어머니가 눈을 번쩍 뜨셨다는 말도 생각납니다.

암 투병을 하면서 서울주보에 쓰셨던 글들은 그야말로 최고 인기
였습니다. 특히 병으로 고통받고 있는 사람들에게 큰 위로와 힘
이 되었습니다. 아파 본 사람들은 압니다. 병으로 아플 때 작은 위
로가 얼마나 큰 힘이 되는지 말입니다. 지난 9월 28일 토요일 정
추기경님이 명동 대성당에서 선생님의 장례미사를 집전하시면서
"선생님은 삶을 통찰하는 혜안과 인간을 향한 애정이 녹아 있는

글로 많은 국민들에게 사랑을 받으셨던 이 시대 최고의 작가였다."라고 칭송하셨지요. 결코 지나친 말이 아닙니다. 선생님의 글은 정말 몸과 마음이 아픈 이들에게 휴식이었고 힘이었고 깊은 감동이었습니다.

선생님은 헤어질 때 목소리가 나오지 않아 무척 힘든 상태임에도 불구하고 자꾸 "감사합니다, 감사합니다."라고 하셨지요. 이 세상 모든 이들에게 전하고 싶은 말씀이자 선생님 평생의 삶에 대한 응답이란 생각이 들었습니다. "감사합니다." 이 말은 반대로 우리가 선생님께 드리고 싶은 말입니다.

이제 선생님의 뒷모습은 결코 쓸쓸해 보이지 않습니다.

"최인호 선생님. 좋은 글을 남겨 주셔서 감사합니다. 그 글들은 선생님의 분신이 되어 끝없이 우리를 웃게 하고 편안하게 하고 힘을 줄 것입니다. 선생님, 이제는 고통도 이별도 없는 하느님 나라에서 편히 쉬세요. 고맙습니다. 그리고 사랑합니다."

_ 허영엽 (신부)

김수환 추기경님, 법정 스님, 피천득 선생님, 구상 선생님, 박완서 선생님, 이태석 신부님, 장영희 교수, 심점선 화가. 나의 어머니, 그리고 가까웠던 지인들이 한 분씩 세상을 떠날 적마다 추모의 글을 참 많이도 쓰고 눈물도 많이 흘렸습니다. 그러나 작가 최인호의 추모 글은 정말로 쓰고 싶질 않았어요. 그런 날이 오지 않기를 간절히 바랐습니다.

어젠 부산에서 본원 수녀 몇 명과 전주로 소풍 겸 순례를 가서 유서 깊은 전동성당에 들어가 경건한 마음으로 기도를 하고, 나는 일행과 떨어져 전주교도소의 형제들을 만나기 위해 담당 신부님의 차 안에 있었습니다. 그때 '인호 형을 위해 특별 기도를 부탁한다'는 여백출판사의 김 사장님 전화를 받았고, 저녁엔 영영 떠났다는 말을 들었습니다. 어젠 가슴이 먹먹하여 눈물도 나지 않더니 오늘은 새벽부터 마구 눈물이 쏟아집니다. "아니 그토록 아끼고 사랑하던 가족들은 다 어떻게 하라고?" "예수님의 생애를 꼭 소설로 쓴다더니 그 숙제는 어떻게 하고?" "서울주보를 최인호의 글 때문에 본다던 그 많은 독자들을 어떻게 하라고?" "우린 아직 보낼 준비도 안 됐는데 그렇게 서둘러 가면 다인가? 서울깍쟁이 같으니라고!" 혼잣말을 되뇌며 원망을 해 봅니다. '언니, 어쩌면 좋아, 최인호 씨가 돌아가셨대. 내가 심장이 뛰고 눈물이 나오네. 추기경님이 병자성사 주실 때 눈을 뜨고 방긋 웃더래.' 내 여동생이 보낸 문자에서처럼 정말 웃으며 떠난 건가요?

2008년과 2009년 사이 우리는 서울 성모병원에서 곧잘 마주쳤습니다. "어떻게 꾸준히 미사를 오느냐."고 물으면 "거 참, 수녀님도, 내가 지금 기댈 데가 저분밖에 더 있수?" 하며 성당 안의 감실을 가리켰지요. "내 병실에 꽃만 보내고 왜 문병은 안 왔느냐."고 물으면 "내가 좀 소심하니 겁이 나서 그랬수다."라고 했지요. "난 수녀님과 달리 음식을 잘 씹을 수가 없어 너무 괴롭다."며 같은 암 환자라도 내가 부럽다고 했습니다. "난 수녀님이 나랑 사귀다 실망해서 수녀원 간 거라고 뻥치고 다닐 거다. 으하하. 아, 재밌네!" 하기도 하고, "하느님을 믿다 보니 함부로 살 수 없어 꽤 부담이 되네." 하며 가끔은 투정도 부렸지요.

어느 날은 느닷없이 전화를 걸어 장난기 가득한 음성으로 다짜고짜 "마님!" 하기에 "죄송하지만 누구세요?" 하니 "나야 나 최인호, 수녀님 상태는 좀 어떠시우?" 하고 근황을 물어왔습니다. 내가 오래 전 선물한 묵주를 분실했다며 구해 달라기에 다시 보내드리고 위로 편지도 주고받으면서 우린 서로를 진정으로 염려하고 기도해 주는 해방둥이 동무였고 정다운 문우였고 함께 암 투병

중인 동지였으며 완덕完德의 길을 지향하는 도반이었습니다.

유난히 하늘의 흰 구름이 아름답던 날.

한국 순교성인들의 피가 진하게 스며 있는 땅 전주에서 왠지 모를 눈물이 안으로 흘러 언젠가는 나도 떠나야 할 죽음 묵상을 많이 한 2013년 9월 25일. 다들 한결같이 한 소설가의 떠남을 슬퍼하네요. 병이 주는 고통을 받아 안고 잘 참아내느라 그동안 수고 많이 하셨습니다. 수많은 작품을 빚어 많은 이를 기쁘게 했던 끝없는 창작의 노력에도 감사했습니다. 이제 나보다 먼저 하늘 길로 떠난 내 친구를 용서해 드려야겠지요? 용서 안 하면 삐치실 거지요? 그러나 나는 빈소에도 장례식에도 가지 않고 수도원 골방에서 조용히 기도만 할 거니 서운해하지 마시길 바랍니다. 영정 사진을 바라볼 용기가 나질 않거든요. 많은 이들이 보는 앞에서 또다시 울고 싶지 않거든요. 만날 적마다 즐겁고 유쾌했던 우리의 대화가 더 깊은 침묵 속에, 성인들의 통공通功 속에 이어질 수 있기를 기대합니다. 활짝 웃는 한 권의 소설로 하느님과 성인들을 기쁘게 해 드리세요. 가족과 친지들의 가슴속에서 '깊고 푸른 밤'의 '베드로 별'이 되어 주세요. '더 깊은 곳에 가서 그물을 치라'(루카 5, 4)고 내 작업실 방명록에 적어 준 성서 구절을 읽어 봅니다.

'이해인 수녀와 나는 동갑내기이자 씨동무이자 피를 나눈 육친의 오누이다. 이란성 쌍둥이다. 수녀의 엄마는 내 오마니고 동심의 꽃밭에서 뛰노는 아이는 나다. 아직도 어린 날의 눈물 자국이 선명히 남아 있는 내게 들려주는 수녀의 동시는 영혼의 자장가이다.'

지난해 만든 동시 음반 〈엄마와 분꽃〉에 좋은 친구로서 얹어 준 추천의 글귀를 다시 읽으며 하얀 손수건에 떨어지는 눈물을 나의 기도로 봉헌합니다. 최인호 선생님, 베드로 형제님, 나의 벗님, 당신이 그리던 지복의 나라에서 편히 쉬십시오. 안녕히 가십시오. 사랑합니다.

'주 날개 밑 쉬는 내 영혼 영원히 살게 되리라' 성가를 부르며 향을 피워 올릴게요.

_ 이해인 (수녀, 시인)

최 군이 쓴 글 중에 이런 글귀가 기억납니다.

'우리 모두는 밤하늘에 떠 있는 별이다.

이 별들이 서로 만나고 헤어지며 소멸하는 것은

신의 섭리에 의한 것이다.

이 신의 섭리를 우리는 '인연'이라고 부른다.

이 인연이 소중한 것은 반짝이기 때문이다.

나는 너의 빛을 받고, 너는 나의 빛을 받아서 되쏠 수 있을 때

별들은 비로소 반짝이는 존재가 되는 것.

인생의 밤하늘에서 인연의 빛을 밝혀 나를 반짝이게 해 준

수많은 사람들, 그리고 삼라와 만상에게

고맙고 고맙다는 말을 전하고 싶다.'

최 군과의 인연은 참으로 길고 소중했던 것 같습니다.

1970년 초, 을지로 5가에 있던 옛 샘터 사무실에서 최 군을 처음 만났으니 벌써 40년이 되었군요. 그때 나의 원고 청탁 제의를 받고 답한 최 군의 당당한 음성이 아직도 귓가에 맴도는 것 같습니다.

"그만 쓰라고 할 때까지 샘터가 발행되는 한, 제가 살아 있는 한 계속 쓰겠습니다."

갓 서른의 나이에 쓰기 시작한 '가족'의 원고 분량이 원고지로

8,000매가 넘었으니, 그야말로 '가족'은 대하소설 중의 대하소설입니다. 최 군의 부모님과 형제 누이는 물론, 황정숙 여사, 다혜, 도단, 사위 성민석, 자부 조세실, 그리고 눈에 넣어도 아프지 않을 두 손녀 정원이와 윤정이. 이들은 '가족'의 주인공들이자 우리 모두의 진정한 가족이었습니다.

이제, 최 군은 부모미생전父母未生前, 천지미분전天地未分前의 참세상에서 여전히 반짝이는 존재로 글을 쓰고 있을 것입니다. 20x10의 200자 원고지가 지닌 그 절대적인 창살과 같은 칸막이 안에서 잉크를 듬뿍 찍어 그 유명한 악필로 무언가를 쓰고 있겠죠. 아마지금 쓰고 있는 글은 그토록 최 군이 원했던 '예수 그리스도'를 주인공으로 한 소설일 것입니다.

최 군의 묘비명이 '원고지에서 죽고 싶다'라고 들었습니다.

과연 최 군다운 최 군만의 묘비명입니다.

울긋불긋 색의 향연을 펼치며 어느덧 단풍이 꽃보다 더 곱게 물

들었습니다. 서산마루에 걸려 있는 붉은 해를 바라보며 한때 나와 최 군을 이어주던 여송연呂宋煙을 태우자 가을바람을 타고 최군의 향 내음이 코끝을 에입니다. 영겁의 시선으로 보면 생生과 멸滅 모두가 한갓 찰나의 일념一念임을 모르는 바는 아니지만 그대를 향한 그리움이 물밀듯 밀려오는 것을 보면 노주老酒를 벗하여 오래 함께한 나로서도 이별은 참으로 감당하기 힘든 일임이 분명한 것 같습니다.

사랑하던 그 사람이여!
사랑하던 그 사람이여!
그대가 빛이 되어 나는 참으로 행복했습니다. 진심으로,
고맙고
고맙습니다.

_ 김재순 (샘터사 고문)

소설가 최인호가 갔다. 1971년 첫 소설집 『타인의 방』의 해설을 썼던 나로서는 만감이 오고 가는 가운데, 인생의 허무를 느끼지 않을 수 없다. 전도서를 쓴 솔로몬의 기록대로 '헛되고 헛되며 헛되고 헛되니 모든 것이 헛되도다'는 말씀이 뇌리를 맴돌 뿐이다. 솔로몬은 지혜의 왕이라고 하지만, 실은 세상 복락과 영화도 마음껏 누렸던 사람이어서, 그가 '헛됨'을 읊조릴 때에는 그 실감이 배가된다. 헛되게 하는 것은 아무래도 죽음 아니겠는가. 지상에서의 모든 것이 무로 돌아감으로써 인간이 추구하고 소유해 온 것들이 아무 쓸모없이 된다. 죽음은 과연 모든 것을 헛되게 한다. 믿는 이들에게 죽음 이후의 천국과 구원이 물론 보장되어 있지만 지상/지상의 것들과 이별하는 것은 사실이고 눈에 보이는 세계는 전부 상실된다.

최인호의 죽음이 더욱 허무하게 느껴지는 까닭은, 반세기 가까운 그의 작가생활이 매우 화려했기 때문이다. 신화비평적인 각도에서 한국문학은 흔히 '가을의 문학'으로 불리기도 하는데, 이것은 그 문학적 특질이 환희나 긍정보다 한, 우수 등 부정의 성격을 갖고 있기 때문이라는 해석이다. 쾌활한 문학의 즐거움에 아쉬워해 온 독자들에게 '봄의 문학'은 늘 안타까운 그리움의 대상이었다. 최인호의 홀연한 등장은 이러한 결핍을 해소시켜 주는 단비와도 같아서 그의 작품이 발표될 때마다 많은 독자들이 열광하였다.

이러한 작가세계와 그 폭발적인 수용의 힘은 그의 작품들을 영화로, 연극으로 확장시켜서 문학예술이 총체적으로 어울리는 행복한 순간들을 많은 사람들에게 선사하였다. 어찌 화려하다고 하지 않을 수 있겠는가. 어떤 이는 그의 문학이 달콤하고 아름답고 다정하였으나 시대의 아픔을 외면했다고 투덜거리는데, 이는 잘못된 이해이다. 문학은, 소설은 시대의 고통을 그려내기도 하지만, 현실에서 상처받은 영혼을 아름다움으로 위로하는, 보다 순화된 기능으로 사람들과 현실에 기여하기도 한다. 최인호의 자리는 거기에 있었다.

최인호는 "주님이 오셨다."는 말과 더불어 하직하였다. 그 순간까지 그는 글을 썼고 소설을 발표했다. 훌륭한 문학인이었고 성실한 신앙인이었던 그는 신앙과 문학을 함께 움켜쥐고서 두 세계가 함께하는 탁월한 전범을 우리에게 보여 주었다. 그는 영원한 생명이 하늘나라에 있음을 믿고 소망 가운데 기도하면서도 '헛된' 것일 수도 있는 지상의 문학을 놓지 않고 마지막까지 최선을 다했다. 솔로몬이나 최인호 같은 지상의 승자들을 통해 고백되는 '헛됨'은 천국의 영생을 증언하는 거대한 아이러니임이 분명하다.

_ 김주연 (문학평론가)

I love you

오늘 밤 날이 새면

하늘의 별들은 시들어 그 빛을 잃겠지만

그대의 이름은 결코 시들지 않으리.

지상에서 빛나던 그대의 별은

내일 밤엔 하늘에서 새롭게 빛나리.

50년을 그대는 별이었고

50년을 그대는 꽃이었고

글만 써서도 살 수 있는 길을

이 땅의 후배 작가들에게 열어 준 그대,

그리운 벗이여

그대를 거친 세상에 살게 한 육체,

하지만, 그대의 영혼을 담았던 육체,

이제 홀홀 벗어놓으시고

그대의 별들의 고향으로 떠나시게.

그대의 마지막 말, "주님이 오셨다. 됐다." 했으니

어서 주님과 함께 떠나시게.

그대를 위해 태초부터 마련된

하느님 품에서 편히 쉬시게.

하늘로 가는 길이 길 없는 길일지라도

바쁜 세상일 벗어났으니 천천히 한눈도 팔면서 떠나시게.

늦어도 사흘이면 그렇게도 그리던 천국의 문은 열리리니.

내 영혼의 혈연이여,

내 목소리 그대가 들을 수 없고

그대 목소리 내가 듣지 못해도

그대를 반기는 하늘의 영생의 나팔소리

내 영혼의 귓전까지 울리는 듯하네.

I love you !

I love you !

I love you !

_ 김형영 (시인)

서울 덕수초등학교를 다녔을 때다. 월요일 아침이면 전교생이 작은 운동장에 모여 조회를 했는데 교장선생님이 전국백일장대회에서 장원을 한 학생 이름을 불렀다.

"최인호!"

잠시 후 거짓말처럼 아주 조그만 애가 교단 위로 올라가 교장선생님 앞에 당돌한 모습으로 섰다. 상품과 표창장이 주어졌다. 우리는 모두 박수를 쳤다. 이런 일이 벌써 몇 번째일까?

백일장이 열렸다 하면 장원은 최인호였다. 최인호는 나와 같은 학년이었다. 그러나 덕수초등학교는 오직 중학 입시에만 관심을 갖고 있어서 백일장 글짓기의 장원은 학생들의 뇌리에서 곧 사라지고 말았다.

서울중학교를 다녔을 때다. 1학년 1반. 최인호는 제일 앞줄에 앉아 있었다. 나는 제일 뒷줄에 앉아 있었다. 어느 날 국어 시간에 임상흠 선생님은 지난 시간에 우리가 제출한 작문 가운데 우수한 글을 발표하게 했는데 최인호 순서였다. 모두 귀가 쫑긋해 집중하고 있었다. 킬킬거리는 놈도 있었지만 대부분 어리둥절한 눈치였다. 그도 그럴 것이 이건 중학교 1학년 학생의 글이 아니었다. 본격적인 연애소설이었다. 다 들은 후 선생님이 따지듯 물었다.

"이거 진짜 네가 쓴 글이니?"

"물론이죠."

임상흠 선생님은 아무래도 미심쩍다는 듯 고개를 갸우뚱하면서 다음 학생 순서로 넘어갔다. 그 꺽다리 꾸부정한 임상흠 선생님을 바라보며 나는 마음속으로 최인호를 변호했다.

'선생님 그 애는 초등학교 때부터 글짓기 선수였습니다.'

서울고등학교를 다닐 때였다. 우리는 가끔 수업이 끝나면 태평로 덕수궁 뒤쪽, 성공회 성당의 정원 으슥한 곳에 숨어서 담배를 피우곤 했다. 그때까지 최인호가 모범생인 줄로만 알고 있었던 나는 의외로 불량학생처럼 담배를 태우는 그 애의 모습을 발견하고 신기하기만 했다. 뿐만 아니었다. 더욱 인상적인 일은 아직도 키가 작은 그 애가 입을 꼬부려 휘파람을 능숙하게 불어재꼈는데 내 아버지가 좋아하는 외국 곡이었다. "Come to my garden in Italy…"

그때 문득 최인호의 모습이 어른으로 느껴졌다. 바지통이 좁은 맘보바지라는 것이 유행할 때여서 내가 어머니 몰래 재봉틀로 바지통을 줄여 입고 교칙을 위반해 가며 불안하게 학교를 다니던 꼬락서니에 비하면 5년 위인 형의 교복을 물려받아 항상 자기보다 큰 옷으로 후줄근해 보이는 최인호의 넉넉한 모습과 그날의 휘파람 소리는 오래오래 내 기억 속에 남아 있다.

그런 최인호는 아니나 다를까, 고등학교 2학년 때 마침내 한국일보 신춘문예로 문단에 데뷔해 그 천재성으로 다시 한 번 우리를 깜짝 놀라게 했다.

최인호의 소년 시절은 사람들이 전혀 눈치채지 못한 사이 애늙은 이로, 깜찍한 앙팡테리블로, 조숙한 시절을 외롭게 보냈을 것이고, 청년이 된 최인호는 가난과 야망과 조바심 속에 질풍노도의 시절을 대학 입학, 군 입대, 제대, 연애, 결혼으로 분주하게 보냈다.

내가 최인호에게 의도적으로 접근한 것은 조감독 시절이었다. 전화를 걸어 내가 영화판에서 고생한다고 내 존재를 알렸을 때 인호는 껄껄 웃으면서 도인처럼 말했다.

"네가 고생이 많겠구나. 장호야, 내가 고등학교 때 장래 희망이 무엇인가 알려 줄까? 영화감독이었지."

그 자리에서 나는 인호 앞에 기분 좋게 무릎을 꿇고 그의 수제자의 삶 속으로 걸어 들어갔다. 최인호의 글씨는 무지무지한 악필이다. 올챙이처럼 꼬물거리는 그의 자필을 익히는 데 적지 않은 시간이 지나갔고 이윽고 해독의 경지에 이르자 인호는 대학 노트에 연필로 빼곡하게 적은 그의 습작들을 보여 주었다. 감동이었다. 나는 그때까지 한국소설은 김승옥 형의 단편소설 외에는 거들떠보지 않는 편식주의자여서 러시아·프랑스·독일·영미 소설에 흠뻑 빠져 있다가 최인호의 한글 문장을 보자 첫눈에 반해 버

렸다.

얼마 후 최인호를 여관방에 초대해 놓고 시나리오를 부탁했다. 제대 후 복학과 휴학을 거듭하며 어렵게 살고 있던 최인호는 황정숙 여사와 열애 중이었다. 그녀는 직장이 있었고 돈 없는 최인호에게 유일한 생계의 후원자였다. 그런 그에게 원고료도 지불하지 않으면서 장밋빛 환상을 심어 여관방에 가둬 놓고 시나리오를 쓰게 하는 나 또한 대책이 없는 백수건달이었다.

시나리오가 완성돼 여관을 나올 때 모자라는 여관비와 마지막 점심을 그녀의 도움을 받으며 눈물 없이 먹지 못하는 짜장면을 나는 뻔뻔스럽게 체험했다. 그 시나리오 〈이제 더 힘찬 포옹을〉은 통일 염원을 주제로 하는 멜로 드라마였지만 나의 무능으로 끝내 영화가 되지는 못했다.

내 인생에서 최인호는 친구라기보다 늘 앞서가는 개척자였고 그 개척의 수혜자는 나였다. 그가 가난하면서도 대책 없이 결혼하자 나도 대책 없이 뒤따라 결혼했다. 그리고 그가 첫딸을 낳았고 나도 뒤이어 딸을 낳았다. 또 인호가 아들을 보자 나도 아들을 보았다. 그가 신문 소설 『별들의 고향』으로 혜성같이 등단한 인기 작가로 변신했고, 그의 후광을 입고 나도 영화 〈별들의 고향〉으로 어느 날 신데렐라와 같은 젊은 인기 감독이 되었다.

인호가 타계한 지금, 젊은 시절 이후론 그와 함께 진지하게 이야기를 나누지 못한 오랜 세월이 어느새 덧없이 지나갔음을 돌이켜 보게 된다. 내가 가난에서 벗어났고 제법 자리를 잡아 최인호의 배려에서 벗어난 때문이었을까? 인호는 제멋대로 살아가는 내 모습을 보며 쓸쓸한 심정은 아니었을까? 언제나 앞서갔던 최인호는 나보다 먼저 사후의 세계로 들어섰다. 이제 내가 뒤따르는 순서가 되었다. 어느 날 어쩐지 꿈을 오래 꾸면서 잠에서 영원히 깨어나지 않는 날이 오면 최인호가 따뜻한 미소로 나를 맞아 주었으면, 그리고 그곳에서도 선배와 후배로서 깊은 얘기를 나누었으면 좋겠다. 고마워!!! 인호야.

_ 이장호 (영화감독)

최인호형!

많이 회복되고 있다던 소식을 들은 게 바로 얼마 전인데, 이게 웬 말입니까. 그런 낭보는 낭설이 되어 흩어지고 이 사실만이 냉혹하게 우리 옆에 다가온 현실이란 말입니까. 그리하여 그 재기 넘치던 '반항아'의 모습도 이제 다시는 볼 수 없게 되었단 말입니까.

그해 1965년 어느 봄날, 대학에 들어간 나는 강의실 밖에서 누군가 찾는다는 전갈을 받고 컴컴한 지하 강의실 복도로 나갔습니다. 그리고 자기가 최인호라고 밝히는 한 청년과 악수를 나누었습니다. "아, 그렇습니까. 나는 미리부터 이름을 들어서 알고 있었습니다. 우리 앞으로 잘해 나갑시다." 그게 형이 나를 찾아온 용건의 전부였습니다. 물론 '잘해 나갑시다'의 목적어는 문학이었습니다. 처음 만났음에도 목적어를 생략하고도 말이 전달된다는 이 사실이 앞으로의 우리 관계를 한마디로 요약해 주는 것이었습니다. 형이, 이제 어디론가 갔다는 최 형이, 지금도 어두운 복도에서 나를 기다리고 서 있는 모습이 보입니다. 아무 용건 없이 찾아와 뜬금없는 말을 던지고 뚜벅뚜벅 걸어간 그것이 전부였으나, 나는 50년 가까이 우리 사이에 가장 뚜렷한 만남으로 그 기억을 간직해 왔습니다. 그리고 어느새 '잘해 나가자'는 평범한 말이 가슴에 맹약으로 자리 잡은 지도 오래되었습니다.

머지않아 1967년에 형은 조선일보 신춘에 소설이, 나는 경향
신문 신춘에 시가 당선되어 문단에 나옴으로써 그 맹약은 지켜
지고 있음을 확인하였고, 70년대 중반에 〈문학과 지성〉이 중요
한 기획으로 '재수록'이라는 형식을 내세우며 창간호를 선보였
을 때, 우리 둘은 거기에 나란히 이름을 올렸습니다. 우연이었
겠지만 빛나는 동행이라고 해도 누가 뭐라 하겠습니까.

아주 오래 전, 전화가 없었을 때, 한번은 형이 내게 뜻밖에 엽
서 한 장을 보내서 덕수궁 앞에서 만나자는 전갈을 해온 적이
있었습니다. 그러나 엽서는 약속 날짜를 넘어서야 배달되었습니
다. 나중에 형을 만나서 그 얘기를 하려 했으나 웬일인지 나
는 입을 닫고 말았습니다. 아예 엽서조차 못 받은 걸로 넘어가
버려서 잊었으면 했던 것입니다. 형의 자존심을 지켜주기 위해
서였을까요? 알 수 없습니다. 하지만 형을 만날 때마다 그날 나
를 기다렸을 그 모습이 더욱 커다랗게 다가오며 알 수 없는 죄
책감으로 변해 더욱 나를 괴롭혔습니다. 형이 가고 없는 그 뒷
자리에나마 이 사실을 고하며 용서를 비는 마음입니다.

처음 만남의 그때부터 내가 형에게 느낀 것은 '외로움의 빛남'
이라고 정의해 봅니다. 형이 왜 그렇게 외로움에 찌들었는지
는, 나 역시 그러했기에, 동병상련의 치부였을 뿐 내가 나누기
에는 어려운 것으로 여겨지기도 했습니다. 공군에 입대하여 제

복 차림으로 학교를 찾아온 모습이나, 문명을 드날려 '장안의 지가'를 높이고 있었던 모습이나, 이어령 선생님과 종종 만나던 모임의 모습이나 웅크리고 삐딱해 보이긴 해도 언제든지 날아오를 태세의 맹금 같은 그것은 한 치도 달라지지 않았습니다. 도전과 응전, 응축과 확장을 함께한 긴장이 형의 본태인 것입니다.

요즘도 학생들에게 강의하면서 '이건 최인호한테 배운 건데' 하며 읊는 말이 있습니다. 어디선가 언급했듯이 소설의 첫 시작에 '이상한 일이었다'를 쓰라는 것입니다. 직접 쓰지 않더라도 배치해보라는 것입니다. 지금 나는 그 말을 나 스스로 가져다 쓸 수밖에 없습니다. 형은 어디론가 사라진 게 틀림없을 것입니다. 그러나 옛날 옛적에 어두운 복도에서처럼 그저 저쪽으로 뚜벅뚜벅 걸어가고 있습니다. 이상한 일입니다. 형은 뒤돌아보며 50년 전의 그때처럼 말합니다. 우리 잘해 나갑시다!

형이여, 편히 쉬소서. 이토록 잘해 온 형이여, 우리 손을 맞들고 헤어지는 이때, 앞으로 잘해 나갈 일이 무엇인지 목적어를 말해 주소서. 부디 평온 가운데 쉬시어, 삶의 가시밭길에 축도祝禱를 내려 주소서.

_ 윤후명 (작가)

인호 형과 의형제를 맺은 것은 내가 장편소설 『인간시장』으로 유명해진 80년대 초였다. 문학상 심사위원으로 세검정의 호텔방에서 반나절 동안 함께 심사를 하다 말고 인호 형에게 말했다. "불과 이삼 년 전 나는 그 유명한 최인호를 사석에서 누차 비판했어요. 질투와 시샘이기도 했고 부러움에 대한 갈증이기도 했지요. 고백하지 않고는 바늘방석에 앉아있는 것 같아 견딜 수가 없었습니다."

인호 형은 나를 덥석 끌어안았다. 그리고 등을 토닥거리며 말했다. "내 앞에서 나를 비판했다고 고백하는 소리를 처음 들었소. 그 정도니까 오늘의 김홍신이 된 거요." 인호 형은 그 자리에서 '우리는 형제'라고 했다. 따로 격식을 갖추지는 않았지만 그 밤에 한잔 술로 의형제의 연을 맺었고 지금껏 마음 기대며 살아왔다.

『인간시장』의 여주인공 이름이 '다혜'였고 형의 딸 이름도 '다혜'였다. 인호 형은 걸핏하면 내가 딸 이름을 훔쳐 갔으니 보상하라고 했고 나는 형의 딸을 유명하게 해 주었으니 보답하라고 우겼다. 장례식장에서 인호 형의 딸 다혜는 처음으로 "아저씨 때문에 제가 유명해졌어요."라고 했다. 인호 형이 꼭 들었어야 할 소리였건만. 소설 속의 다혜를 썩 괜찮은 인물로 그렸던 뜻을 형은 알고 있으면서도 일부러 타박을 했다.

어머니가 돌아가신 뒤 인호 형은 이런저런 마음고생을 하며 위로

받고 싶어 걸핏하면 나를 불러냈다. 형의 마음속을 헤아릴 재주가 없고 술잔 기울인다고 해결할 수도 없었기에 성당에 다니자고 넌지시 말했다. "나를 설득해 봐라." 인호 형은 말싸움으로 결코 지는 사람이 아니었다. 물론 예외가 있었으니 이어령 선생님이었다. 이 선생님이 빠지면 그 자리를 차지해서 재미난 얘길 술술 풀어내는 것은 인호 형이었다.

"생명보험, 교육보험, 자동차보험은 들었어?" "당연히 들어야 안심하고 살잖아." "영혼보험 들었어?" "그런 게 있냐?" "형, 어렵게 생각하지 말자. 종교가 영혼보험이잖아. 성당 나가자. 정신보험 하나 들자." "야, 그거 정말 말 된다."

결국 형과 형수는 한 달 후에 세례를 받았다. 대부는 나보다 먼저 인호 형의 마음을 다독거린 김형영 시인이 맡았다. 그래서 인호 형은 그때부터 내 이름 대신 '부대부'라고 불렀다.

한참 전에 이어령 선생님께 세배하러 갔는데 인호 형과 내게 '나비처럼 날아다니는 상상력을 잡으려면 컴퓨터로 글을 써야 한다'며 자판 두드리는 습관을 애써 강조했다. 우리는 그러겠다고 했지만 대문을 나서는 순간 어린애처럼 손가락을 걸고 "죽는 날까지 우리 둘은 손글씨를 쓰자."는 언약을 했다. 형도 약속을 지켰고 지금 나도 만년필로 이 글을 쓰고 있다. 인호 형에게 이런 우리 약속을 언제까지 지켜야 하는지 물을 수 있다면 얼마나 좋을까.

작년에 비행기가 여수공항에 착륙하고 나서 앞좌석에 있던 형과 나는 같은 비행기를 탄 걸 알게 되었다. 비행기 문이 열릴 때까지 우리는 극적으로 만난 연인처럼 꼭 끌어안고 있었다. 승객들이 웃거나 말거나 한참을 안고 있다가 손을 잡은 채 대합실까지 내려갔다. 형은 송광사 가는 길이요 나는 강연하러 가는 길이었다. 우리는 또 끌어안았다. 형은 "걱정 마. 정말 걱정 마. 나는 괜찮아."라는 말을 주문처럼 되뇌었다.

그리고 헤어질 때 내 볼에 깊게 뽀뽀를 하며 "사랑해."라고 했다. 눈물이 핑 돌았다. "형, 나도 사랑해. 기도할게." 그날 강연장에서 그 이야기를 하자 여성들이 눈물을 보였다. 나는 그들에게 작가 최인호를 위해 기도해 달라고, 건강을 회복해서 좋은 글로 우리의 기쁨이 되게 해 달라고 부탁했다. 지금도 내 오른쪽 볼에 형의 입술이 따스하게 느껴진다.

인호 형과 내가 약속한 것 중 또 하나 지키지 못한 것이 있다. 형은 '인간 예수'를 쓰고 나는 '인간 붓다'를 쓰자는 약속을 지키지 못한 것이다. 갑자기 이런 날이 오리라고 예상하지 못한 우리는 아직은 좀 더 작품을 구상할 수 있는 여유가 있다고 생각하며 지내다 여기까지 온 것이리라.

플라톤은 『향연』에서 소크라테스의 입을 빌려 '필멸必滅의 인간이 불멸不滅을 추구하는 방법은 두 가지다. 자식을 낳는 것과 영원한 예술이나 지식 같은 걸 낳는 것이다'라고 했다. 우리시대의 걸출한 소설가 최인호의 육신은 흙으로 돌아갔지만 그의 영혼은 청정한 모습으로 우리들 가슴에 살아 숨 쉰다. 그는 육신의 해방을 통해 영혼의 자유를 쟁취했다. 죽는 순간까지 작가로 죽고 싶어했던 형은 작가답게 혼을 사르고 사랑을 남겼다. 나는 인호 형의 추모사를 쓸 수가 없다. 형은 결코 내 곁을 떠나지 않을 것이기 때문이다.

_ 김홍신 (작가)

최인호 베드로 형제님.

저녁 장을 보다가 선생의 선종善終 소식을 들었습니다. 우두망찰한 가운데 문득 마트를 채운 사람들의 활기가, 일용의 먹거리들이 담긴 장바구니가, 살아가기 위한 나날의 노역과 노력이 퍽 낯설게 보였습니다. 가던 길이 뚝 끊긴 것 같은 당혹스러움은, 오늘이 변함없이 내일로 이어지리라는 그 당연함이란 필히 배반당하게 되어 있다는 섬뜩한 자각이었을까요?

여러 해 전, 선생의 발병 소식을 전해 듣고 그저 어쩌지 못하는 마음으로 선생의 책을 사서 열심히 읽었던 기억이 납니다. 평생을 성실한 작가로 살아온 분에 대한 경의와 애정, 선생이 겪고 있을 병고에 안타까움을 표하는 저 나름의 방식이었지요.

세상과의 불화, 자신과의 불화로 앙앙불락하던 청소년 시절, 선생을 처음 알았던 때로부터 반세기가 지났습니다. 청춘이란 원래 그러한 것인지 어쩌다 명동이나 광화문쯤에서 우연히 부딪히기도 했던 선생 역시 저처럼 삼키지도 뱉지도 못하는 불만과 냉소로 늘 찌푸린 얼굴이어서 지나치고 나면 혼자 피식피식 웃음이 나왔지요. 여고 시절, 친구의 형이기도 한 선생은 화려하고 조숙한 재능의 소년 문사였고, 이후 문단의 무서운 신예로, 장안의 이

목과 화제를 집중시키며 사랑을 받는 국민적 작가로, 진실한 신앙인으로의 생애를 제게 보여 주었습니다.

선생의 젊은 시절, 발표되는 편편이 강한 폭발력으로 문단을 흔들던 소설들을 주시하면서 어느 평론가는 선생의 생물학적 단명短命을 우려하는 글을 쓰기도 했습니다. 누구나 그 앞에서는 모자를 벗을 수밖에 없는 천재성, 뛰어난 재능이란 일종의 금기禁忌이기도 한 것. 그 비극적 숙명에 대한 두려움이었겠지요. 그러나 선생은 그러한 우려를 불식시키며 평생 뜨겁게 작가의 삶을 사셨습니다. 저는 그것을 선생의 표현을 빌리자면 '추악하지만 아름답고 야비하지만 거룩한' 생과 인간에 대한 사랑, 긍정과 희망의 힘이었다고 생각합니다.

사람은 그가 남긴 것의 총화라고 하지요. 작가로서의 50년 세월, 선생은 100권이 넘는 책을 썼고 선생의 붓은 지금, 이곳으로부터 수백 년, 천 년의 시공간을 아우르고 경계를 지음 없이 광활하게 펼쳐졌습니다. 선생이 일궈 낸 그 세계에서 저마다의 길을 따라 살고 사랑하고 죽어 간 사람들은 또 얼마인지요.

이태 전 초여름으로 접어들던 어느 날 선생은 종아리가 드러나는 반바지에 운동화, 긴 팔 셔츠에 모직 목도리를 두르고 털모자를 쓴 좀 이상스러운 패션으로 함명춘 시인과 함께 저희 집에 오셨더랬지요. 많이 수척해지셨지만 선생 특유의 솔직 담백함과 유쾌함은 여전한 '럭키보이'였습니다. 그날, 선생은 빨리 병이 낫고 저는 근사한 연애 소설 한 편 완성하여 단풍놀이, 꽃구경, 달마중 가자고 약속했었지요. 그것이 이 세상에서의 마지막 만남이 되리라는 것을 몰랐습니다. 천 년을 산다 해도 만 년을 산다 해도 만남과 이별, 삶과 죽음의 신비는 영원히 알 수 없는 것이겠지요. 우리에게 주어진 길을 다 달리고 우리 앞에 놓인 책장을 다 넘기고 우리에게 주어진 잔을 다 비운 후에도 정다운 마음에 깃든 이야기는 살아 있는 법. 제게 문학과 신앙의 길이 궁극적으로 다르지 않음을, 우리의 일과 사랑이 바로 기도임을, 그 귀한 비밀을 알려 주신 베드로 형제님. 주님의 평화 안에서 편히 쉬소서.

_ 오정희(작가)

최인호 형!

형의 부음을 듣고 깊은 슬픔에 빠졌습니다. 미국의 번역가 브루스 풀턴 교수와 함께 만나 저녁을 하자고 약속하고서도 부자연스런 말투를 걱정하던 형을 생각하여 날짜를 뒤로 미루었습니다. 최근의 소설 『낯익은 타인들의 도시』가 출간된 뒤에도 한번 만나자고 하고는 그냥 시간을 보내 버렸습니다. 그런데 이제는 모든 약속이 부질없는 일이 되었습니다. 이렇게 훌훌 털고 가시니 그저 가슴이 먹먹할 뿐입니다.

형과 처음 대면했던 때가 벌써 40년이 지났습니다. 우리가 처음 만났던 지난 1970년대 중반의 한국문학은 가파른 산업화 과정 속에 커다란 변동을 겪으면서 현실에 대한 폭넓은 인식을 요구하고 있었습니다. 소시민의 삶과 그 내면의식의 추구에 집착했던 1960년대 소설의 감성이 이 시기에 더욱 사회적으로 확대되고 있었으며, 현실에 대응하는 작가정신이 경험주의적 상상력으로 충일되고 있었습니다. 당시의 사회는 외형적으로 쉽게 확인할 수 있는 경제적 성장뿐만 아니라, 다양한 사회 계층적 분화를 함께 드러내었습니다. 이러한 변화는 우리 사회의 근대적 성장을 가져왔지만 삶의 근본적 요건마저도 위협하는 여러 가지 문제를 야기하였습니다. 현실적으로는 빈부의 격차, 지역의 대립, 농촌의 궁핍화

등이 갈등을 부추겼고, 환경의 파괴와 공해 문제 등이 그 부산물로 대두되었습니다. 더구나 유신체제 이후 정치적 폭압이 자행되면서 사회적 혼란을 더욱 조장하였습니다. 이러한 상황은 한국인들의 삶과 그 존재의 기반을 흔들어 놓았으며, 공동체적인 유대감의 파괴와 그에 따른 인간관계의 왜곡을 노정하였던 것입니다.

최인호 형,

형의 소설은 바로 이와 같은 사회적 현실에 대한 인식에서 출발하였습니다. 형은 소설을 통해 인간관계의 불합리한 조건과 그 속에서 일어나는 문제들을 집요하게 추적하면서 인간적인 삶에 대한 욕망을 표현하고자 하였습니다. 그렇기 때문에 형의 소설은 단순한 문학 양식의 차원을 넘어서서 사회적 현실 전반을 포괄하는 생명력을 획득하게 되었으며, '1970년대 소설'을 대표할 수 있었습니다. 나는 이를 두고 한국문학의 '최인호적 경향'이라고 설명한 적도 있습니다. 형은 1970년대 벽두에 서서 산업화 과정의 혼란 속에서 자기 존재의 의미를 잃어버린 채 정체성의 위기를 맞고 있던 개인의 모습에 관심을 기울였습니다. 당시에 발표한 단편소설 〈술꾼〉〈타인의 방〉〈돌의 초상〉〈깊고 푸른 밤〉 등은 이러한 문제의식과 함께 우리 소설 문단에 기법과 정신의 새로운 좌표를 제시하였습니다.

형은 특정한 계층을 대상으로 하는 것이 아니라 인간 자체 또는 개별화된 주체로서의 인간의 문제를 소설적 주제로 내세웠습니다. 산업화의 과정에서 등장한 인간의 소외 문제라든지 문화 자체의 대중화 경향과 그 소비주의적 성향 등이 어떻게 개인적인 삶을 황폐하게 하는가를 주목하기도 하였습니다. 그러므로 형의 소설은 현실 사회의 변화 과정에 절망하면서 타락하는 인간의 운명에 집요한 관심을 보여 주었습니다. 이 같은 경향 때문에 형의 문학은 이성이라든지 역사의식과는 거리가 있는 일종의 개인적 도피 성향을 보여 준다고 비판한 평론가도 있었습니다. 하지만 형의 소설은 인간의 내적 불안을 예리하게 투사하고 있기 때문에 오히려 인간과 인간의 진정한 사회관계를 인간적인 유대를 통해 복원하고자 하는 소망을 온전하게 드러낼 수 있었던 것입니다.

최인호 형,
형의 소설은 현실의 상황 자체가 진정한 삶의 의미와 인간적 조건을 파괴시키는 거대한 힘으로 작용하고 있음을 잘 보여 주었습니다. 산업화 과정에서 문제시되었던 물신주의의 팽배, 사회적 매커니즘의 횡포, 인간의 자기소외 등을 파악하는 방식과 그 접근 태도에서 형은 사회구조적인 문제보다 우선하여 개인의 자기 정체성의 혼란과 그 극복의 방법에 초점을 맞추었습니다. 소설 속의 주인공은 자신이 삶의 주체로 떳떳이 서지 못하고, 자신이 세우고자 노력했던 사회구조에서 밀려나고 있음을 깨닫습니다. 이 참

담한 소외감은 산업화 사회 속에서 야기되는 가장 중요한 인간의 문제가 되는 것입니다. 그러므로 1970년대 소설은 이 같은 '최인호적 경향'의 분화를 통해 그 시대적 특성을 규정받게 되었던 것입니다. 형의 소설적 지향이 중요한 역사적 의미를 지니게 되는 것도 바로 이 때문입니다.

최인호 형,
형은 단편소설에서 보여 주었던 문제의식을 서사적으로 확대시키면서 『별들의 고향』『바보들의 행진』『적도의 꽃』『고래사냥』『겨울 나그네』등으로 대표되는 장편소설들을 내놓았습니다. 신문 연재를 통해 대중 독자와 만나게 된 『별들의 고향』을 발표하면서부터 형은 최고의 인기 작가가 되었지만 문학의 상업성에 대한 논란이 있을 때마다 그 비판적 표적이 되기도 하였습니다. 그렇지만 형은 도시적 감수성, 섬세한 심리묘사, 극적인 사건 설정 등의 서사적 특성을 갖춘 이 작품들을 통해 한국 소설문학의 대중적 독자 기반을 확대시켜 놓았습니다. 그 뒤로 이어진 역사소설 『잃어버린 왕국』『해신』『상도』『유림』등은 새로운 역사적 상상력을 자랑하고 있습니다. 이 소설들은 '사담史談'의 성격을 크게 벗어나지 못하고 있던 우리 역사소설의 영역에 서사 공간의 확장이라는 극적 요소를 더해 줌으로써 일정한 소설적 성과를 거두고 있는 것입니다.

형이 투병 생활 중에 발표한 최근작 『낯익은 타인들의 도시』도 꼼꼼하게 읽었습니다. 장편소설 『낯익은 타인들의 도시』는 일상의 공간을 따라 시간을 분절시키면서 이 분절된 시간에 따라 '공간의 시간화'가 가능해지도록 고안되어 있습니다. 본질적으로 시간은 개인에 의해 경험되는 것입니다. 그러므로 시간은 인간 존재의 근본적인 범주를 형성합니다. 하지만 인간의 경험적 시간은 기억 또는 의식 속에서 시간적 순서 개념을 지키지는 않습니다. 그것들은 서로 뒤섞이고 왜곡되면서 그 순서를 알 수가 없습니다. 인간의 삶에서 시간과 자아의 관계가 특별히 중요한 것은 바로 이 같은 성질 때문입니다. 이러한 현상을 나타내는 문학적 기표가 바로 '환상'입니다. 이것은 객관적 현실 속에서 볼 수 있는 귀납적이거나 인과적 추리와는 아무 상관없지만, 소설 『낯익은 타인들의 도시』에서 그 서사적 위력을 발휘하고 있습니다.

최인호 형!
형의 영전에 고개 숙이고 소설 쓰기란 무엇인가를 다시 묻고 싶습니다. 이 새삼스런 질문은 형의 소설 『낯익은 타인들의 도시』를 읽는 동안 수없이 되뇌었던 것입니다. 이 소설의 서두에 덧붙여 놓은 〈작가의 말〉이 내 의식의 덜미를 잡고 머리를 떠나지 않습니다. 형은 이 소설을 항암 치료를 받으면서 두 달 동안에 완성하였다고 고백하였습니다. 그리고 스스로 이 소설을 쓰는 동안 자신이 느꼈던 창작욕과 열정을 두고 '고통의 축제'였다고 밝히고 있습니다. 이 '고통의 축제'라는 말이 지금도 나의 명치끝을 시리게 합니다.

최인호 형!
인간의 삶을 긍정적인 시선으로 보듬어 주던 형의 그 넉넉한 가슴이 아쉽습니다. 언제나 반겨 주던 형의 따스한 미소가 그립습니다. 형의 소설에 남아 있는 그 지극한 사랑의 언어들은 형의 뒤를 잇는 젊은 작가들의 손에 의해 새롭게 꾸며질 것입니다. 이제 형은 '고통의 축제'를 떠나 고이 잠드시길 빕니다.

_ 권영민 (문학평론가)

"환자가 아니라 작가"라고 말하던 '영원한 청년 작가' 최인호 선생이 일흔도 채 되지 않은 나이에 별세하시다니! '천 년을 함께 살아도 단 한 번은 이별해야 한다'는 말은 이럴 때 큰 위로가 되어야 하는데 정녕 그의 죽음 앞에서는 위로가 되지 않는다. 우리가 꽃밭에 들어가 꽃을 꺾을 때 가장 아름다운 꽃을 꺾듯이 하느님 또한 인간이라는 꽃밭에서 또 가장 아름다운 꽃을 꺾으신 것인가.

아직 써야 할 소설이 많이 남아 있는데, 나사렛 마을에 살던 2,000년 전의 청년 예수 이야기도, 여든 넘게 그림을 그리면서 끊임없이 정열적으로 여자를 사랑했던 화가 피카소 이야기도 최인호 선생만의 새로운 관점에서 재미있게 써야 하는데, 이제 그만 소설가로서의 펜을 놓고 말았으니 이 어찌 불행한 일이 아닐 수 있으랴.

1970년대 말에 최인호 선생이 월간 샘터에 연재하던 소설 『가족』을 매달 교정 보고 편집하는 일을 하면서 처음 선생을 만나던 때가 정말 엊그제 같은데, 어찌 인생이라는 시간은 이리 빠르고, 선생마저 이렇게 죽음이라는 긴 여행을 떠나게 하는 것인가.

최인호 선생은 꼭 원고 마감 직전에 원고를 보내셨는데, 원고가 들어오면 동화작가 정채봉 씨가 난필로 유명한 선생의 글씨를 한

자 한 자 알아보고 다시 썼으며, 바쁘면 입으로 소리 내어 내게 대필시키기도 했다.

소설 『가족』의 최초 독자인 나는 늘 선생의 아드님인 도단이와 따님인 다혜와 함께 사는 듯했다. '이렇게까지 솔직하게 써도 되나' 하는 생각이 들 만큼 선생은 가족의 일상사를 세세하게 끄집어내어 글을 썼다. 일상 속에서 무엇을 발견해 내느냐 하는 것이 글쓰기에 있어 얼마나 중요한가를, 일상의 삶 속에 진정 문학이 있다는 것을 나는 그때 선생을 통해 배웠다. 그리고 가족을 사랑하는 일에서부터 인간의 모든 사랑은 시작된다는 것 또한 내겐 큰 가르침이었다.

선생은 후배들에 대해 사랑이 많으셨다. 내가 1982년 조선일보 신춘문예에 단편소설이 당선되었을 때는 일부러 전화를 주셨다.
"소설이 당선되었다니, 정말 축하해. 열심히 써. 이제 넌 내 후배야. 시인이 소설가가 되려면 열심히 쓰는 수밖에 없어."
선생의 말씀과는 달리 나는 소설을 쓰지 못하고 말았지만 그때는 당대 최고의 소설가가 직접 내게 축하 전화를 해 주었다는 사실만으로도 가슴이 뭉클했다.
최인호 선생은 이제 김수환 추기경의 품에 안겨 그동안 참 많이 아팠다고 어리광을 부리고 있을지도 모른다. 아니면 법정 스님과

찻상을 마주하고 대밭을 스치는 바람소리를 들으며 작설차 한잔 나누고 있을지도 모른다. 아니면 슬며시 어느 술집에 들러 『별들의 고향』의 경아와 그 카랑카랑한 목소리로 거침없이 이런저런 이승의 이야기를 나누며 소주라도 한잔 하고 있을지 모른다.

최인호 선생님! 이제 그곳에서 '길 없는 길'을 찾으셨는지요. "지금까지 몰래카메라였습니다." 하고 껄껄껄 호방하게 그 유머 넘치는 웃음을 다시 터뜨리실 생각은 없으신지요. 어쩌면 선생님이 가신 천국이야말로 '낯익은 타인들의 도시'일지도 모릅니다. 그곳에서 작은 나무 책상 하나 마련하셔서 천국에서 일어나는 소소한 일들을 죄다 소설로 써서 보내 주세요. 그러면 이곳 출판사들이 분명 다투어 출간해 드릴 것입니다. 그래야만 사랑하는 선생님을 떠나보낸 그 많은 독자들이 더 이상 슬프지 않을 것입니다.

_ 정호승(시인)

1985년 12월, 우리는 학교 정문을 빠져나와 혜화동 로터리 쪽으로 걸어갔다. 학생들이 귀가한 늦은 오후의 교정은 쓸쓸했다. 우리는 텅 빈 교실에 남아 원고를 수정하고 봉투에 넣어 풀로 단단히 입구를 봉했다. 혜화우체국까지는 버스로 네 정거장, 결코 걷기에 가까운 거리가 아니었다. 우리는 칼바람을 맞으며 그곳까지 걸었다. 비장했다. 우체국에 들어가 직원에게 봉투를 내밀 무렵에야 두 손이 얼어 잘 펴지지도 않는 걸 알았을 정도였다.

고등학교 3학년인 문학소녀들을 부추긴 건 오래전 신화로 남은 한 남학생이었다. 그의 이름은 최인호. 고등학교 2학년 남학생이 한 신문사의 신춘문예에 입선했다는 이야기가 20여 년 뒤의 문학소녀들을 자극했다. 우리가 태어나던 1967년, 그는 다른 신문사의 신춘문예에 당선, 정식 등단하게 되는데 투고작과 함께 당선 소감을 보내 다시 한 번 화제가 되었다.

물론 그해 신문사로부터 아무런 소식도 받지 못했다. 그렇게 10년이 흘렀다. 포기하지 않고 10년간 꾸준히 투고를 할 수 있었던 건 처음 시작을 밀어 준 그 남학생 덕이었다.

그 남학생을 처음 만난 건 한 출판사의 출판기념회 자리였다. 젊은 작가 몇이 최인호 선생의 글에 추천사를 쓴 것이 인연이었는데 선생은 한참 아래의 후배들 이름은 물론이고 소설까지도 꿰고 있었다. 상상 속의 남학생은 더 이상 까까머리 남학생이 아니었지만 다부진 체격과 장난기가 밴 눈가에 그 흔적이 남아 있었다. 만남은 유쾌했다.

선생은 너무도 알려진 사람이었다. 지금처럼 에스엔에스(SNS) 같은 것이 없었는데도 풍문처럼 선생의 소식을 들을 정도였다. 『별들의 고향』, 『고래 사냥』, 『겨울 나그네』… 대중의 사랑을 듬뿍 받은 작가는 넉넉하고 행복해 보였다. 물론 나는 치열하게 글을 쓰는 많은 작가들을 알고 있었다. 생활에 쪼들리면서도 결코 타협하지 않는 이들도 알고 있었다. 결코 비교하려는 게 아니었다. 하지만 가끔 과거로 돌아가 그 갈림길에 선다면 선생이 어떤 결정을 할까, 그렇다면 독자는 지금까지와는 다른 어떤 소설을 읽고 있을까, 궁금했다.

후배를 불러 밥을 사는 일이 생각처럼 쉬운 일이 아니라는 걸 선배가 되고 알았다. 쉽지 않은 일을 선생은 즐겨 했다. 자리를 늘 유쾌하게 주도했지만 한참 아래의 후배들에게도 깍듯했다. 후배들을 아끼고 챙겼다.

선생의 작업실을 들여다보지 않았더라면 나는 선생을 행운과 재능의 작가로 생각하고 있었을지도 모른다. 우연히 엿본 선생의 작업실, 책상도 아니었다. 식탁 위엔 만년필과 잉크병, 그리고 원고지뿐이었다. 잉크를 닦아낸 휴지 뭉치가 널려 있었다. 작업 공간에는 놀랄 만큼 아무것도 없었다. 놀랄 만큼 삭막했다. 그곳에서 선생은 자신이 정한 분량의 글을 꼬박꼬박 써 나가고 있었다.

그곳에서 나는 선생의 고독을 보았다. 생래적인 작가의 고독, 유명세에 가려 아무에게도 드러내지 못했을 고독, 선생 스스로 포기했다고 말했던 것에 대한 후회와 열망, 다시 돌아가려는 의지… 물론 선생에게 직접 물어본 것은 아니었다.

'가족' 마지막 연재에 선생은 이렇게 썼다. "참말로 다시 일어나가고 싶다, 갈 수만 있다면 가난이 릴케의 시처럼 위대한 장미꽃이 되는 불쌍한 가난뱅이의 젊은 시절로 돌아가고 싶다. 참말로 다시 일어나고 싶다." 장미 가시에 찔리기라도 한 듯 나를 돌아보았다.

선생의 타계 소식에 불쑥 떠오른 것은 아이러니하게도 선생이 그토록 돌아가고 싶다고 말했던 불쌍한 가난뱅이의 젊은 시절이었다. 재기하려 했으나 병마에 꺾인 그 의지였다. 피우지 못한 붉은 장미꽃이었다. 행운에 가린 불운. 물론 선생에게 직접 물어보지 못했다. 이젠 물어볼 수도 없다.

_ 하성란 (작가)

선생님.

간밤에는 꿈을 꾸었습니다. 예전처럼 선생님께서 아끼시는 몇몇 사람들과 시끌벅적하게 저녁을 먹고 술을 곁들이는 꿈을요. 그런 자리가 있을 때마다 선생님께서는 후배에 대한 애정의 표시로 한 사람씩 호명해 가며 '야, 누구누구야, 너는 이렇게 하면 더 좋겠어'라는 말씀을 해 주곤 하셨어요. 제가 처음 선생님을 뵈었던 시절부터 저에게 해 주신 말씀은 한결 같았다는 것, 기억하실까요? "야, 경란아. 망가져도 괜찮아. 실패해도 괜찮다고. 그냥 써. 쓰고 싶은 걸 쓰기만 하면 되는 거야." 자리가 파하면 선생님께서는 벌써 저만치, 두 주머니에 손을 찌르신 채 성큼성큼 걸어가고 계시지요. 그러다 한 번씩 뒤를 돌아보며 씩 웃곤 하셨어요. 그런 모습은 이제 꿈속에서나 보게 될까요.

선생님의 추모사를 쓰는 아침입니다. 제 평생, 단 하나의 아침입니다. 어떤 아름다운 말도 슬픔의 말도 떠오르지 않습니다. 작가란 말로 설명할 수 없는 것, 침묵도 말로 표현해야 하는 사람이라는 말은 이런 땐 사치처럼, 지나친 과장처럼 느껴집니다. 제가 할 수 있는 일이라고는 이른 새벽부터 책상 앞에 앉아 선생님을 처음 뵈었던 떨리던 그 순간부터 마지막 저녁식사 자리까지, 지난 시간들을 떠올려 보는 것입니다. 선생님의 책들을 꺼내 한 장 한

장 넘겨보는 것입니다. 이런 아침이 당분간은 숱하게 이어질 테지요.

선생님의 부고를 아홉 시 뉴스를 통해서 듣게 되었어요. 저는 막 김포공항에서 집으로 돌아온 참이었습니다. 일곱 시 십 분. 선생님께서 영면하신 시간이라고 들었습니다. 그 시간에 저는 국제선 빈 의자에 우두커니 앉아 있었습니다. 어딘가 떠나고 싶은데 그럴 수 없을 때 가끔 그러듯. 그러곤 공항에 있을 때면 언제나 그렇듯 저절로 선생님을 떠올리곤 했지요. 그때 공항에서, 선생님과 긴 통화를 한 후부터요. 그날은 제가 먼 데로 오래 가 있게 되었을 때였어요. 선생님께 무슨 광고 섭외가 들어와 같이 할 소설가 후배가 필요하다고, 선생님께서는 "경란아, 네가 아니면 안 돼." 하셨어요. 그 말씀도 저에게는 선생님을 떠올리면 잊을 수 없는 문장입니다. 네가 아니면 안 되는 그런 소설을 써라. 그 말씀도.

투병 중이시라는 소식을 들었을 때 저는 선생님께 연락드리지 않았습니다. 목소리를 내기도 음식을 삼키기도 어려운 병이라는데… 그저 기다리는 것, 회복하시기를 간절히 바라고 있는 것. 그것이 제가 할 수 있는 유일한 기원이었습니다. 지지난 해였던가요. 선생님께서 몇몇이 모여 점심식사를 하고 싶어 하신다는 연락을 받았습니다. 감기에 걸린 저는 그 자리에 가지 못했어요. 바

이러스가 선생님께 치명적일 수도 있다고, 연락 주신 분이 넌지시 말씀하셔서요. 그날이 아니어도 다시 선생님을 뵐 수 있겠지, 여겼습니다.

수년 전에 선생님의 중단편을 한데 모으는 자리에서 선생님께서는 '나는 마지막 주자로서 스타트 라인에 서 있다'라고 쓰셨습니다. 문학의 비등점을 향해 다만 끓어오를 것이라고요, 타오를 것이라고요, 그리고 마침내 날아오를 것이라고요. 선생님. 이것은 선생님께 드리는 추모사가 아닙니다. 다시 만나자는, 약속의 인사입니다. 날아오르셔도 너무 멀리는 가지 말아 주세요, 선생님. 언제까지나 저희들에게 '靑春 작가'로, 영원한 젊은 작가로 남아 계실 선생님!

_ 조경란 (작가)

최인호 선생이 뜻밖의 말씀을 하신 건 2010년 가을, 독서당길 작업실에 앉아 있을 때였다. 아마도 선생이 침샘암을 선고받고도 2년 정도가 지났을 무렵이겠다. 견디기 힘든 방사선 치료와 항암 치료가 거듭됐을 그 2년의 고통을 내가 어떻게 짐작하겠느냐마는 내가 염려한 것은 육체적인 고통보다 정신적인 의기소침이었다.

병상에 눕기 전, 선생이 뭔가에 대해 말씀하실 때면 나는 늘 봄날의 숭어를 떠올렸었다. 어쩔 수 없이, 그는 청년이다. 나는 그렇게 생각했다. 그건 그에게 천직과 같다. 그런데 죽음이라니. 어떤 사람이 있어 그에게 그걸 받아들이라고 말할 수 있을까. 그 누구도, 또 그 누구에게도 받아들이라고 말할 수 없는 게 죽음이니 죽음이라는 크나큰 고통 앞에서 인간은 오히려 외로울 수밖에 없지 않을까, 라고 나는 혼자 짐작했다. 어느 정도 치료가 끝나고 처음 뵈었을 때, 최인호 선생은 이미 그 진실을 경험한 듯 보였다. 그는 방사선 치료를 받은 목에 스카프를 두르고 나를 맞이했다. 환하게 웃는 미소는 여전했는데도 나는 좀 충격을 받았다. 내가 알던 그 청년이 온데간데없이 사라진 것이었다. 내 앞에 앉은 사람은 평생 고생만 해서 몸이 쪼그라들 대로 쪼그라든 시골 할머니 같았다. 병 앞에 인간의 몸이 그토록 연약하다는 게 어이가 없어서 서러울 정도였다.

2010년 가을이라면 그렇게 위태위태한 선생의 모습을 지켜보던 나날들 중 하나였으리라. 무슨 얘기 끝엔가 그가 문득 내게 돌아오는 봄에 장편소설을 출간할 테니 발문을 부탁한다고 말했다. 처음에 나는 그게 무슨 말인가 했다. 장편소설을 새로 쓰신다는 말씀이냐고 다시 여쭸다. 그랬더니 그렇다는 대답이 돌아왔다. 일반인도 아니고 평생 장편소설을 쓰신 분이, 아니, 도대체 어떻게 장편소설을 쓰신다는 것인지. 장편소설을 쓰는 데 얼마나 많은 에너지가 필요한지 선생이 가장 잘 알 것이기에 이런 역설적인 의문이 들었다. 하지만 그는 쓴다고 했다. 방금 쓴 이 문장은 내게 마치 '그는 산다고 했다'로 읽힌다. 실제로 선생의 '쓴다'는 말을 나는 그렇게 들었다.

그렇게 낙엽이 떨어지고 눈이 내리고 바람이 불고 꽃이 피었다. 그런 일들이 아무 일도 아니라는 듯이. 그리고 2011년 봄, 최인호의 신작 장편 『낯익은 타인들의 도시』의 원고가 내 손에 들어왔다. 원고를 다 읽고 나서야 나는 내가 눈에 보이는 것만 믿는 사람이라는 걸 알게 됐다. 진실은 보이지 않는 곳에 있었다. 내가 온데간데없이 사라졌다고 생각했던 청년 최인호가 바로 그 원고 속에 있었던 것이다. 『낯익은 타인들의 도시』에는 그가 청년 시절부터 써 온 주제가 고스란히 다 들어 있었다. 가장 외로운 순간에 그에게는 소설이 있었던 것이다. 그런 점에서 선생에게 청년이란 소설과 동의어였다.

그 무렵, 성모를 향한 선생의 기도는 다음과 같았다.

"아이고 어머니. 엄마. 저 글 쓰게 해 주세요. 앙앙앙앙. 아드님 예수께 인호가 글 좀 쓰게 해 달라고 일러 주세요. 엄마, 오마니! 때가 되지 않았다 하더라도 아드님은 오마니의 부탁을 거절하지는 못하실 것입니다. 앵앵앵앵. 오마니. 저를 포도주로 만들게 해 주세요."

선생은 자신의 이런 기도를 막무가내 떼쓰기 기도라고 했다. 항암 치료로 빠진 손톱에 골무를 끼워 가며 매일 30매씩 손으로 써 내려간 장편소설 『낯익은 타인들의 도시』는 바로 그 기도의 응답이었다. 선생은 늘 소설가로 죽고 싶다고 말했으니, 지금은 그의 소망이 마침내 이뤄지는 가을이다. 이젠 편히 쉬셔도 될 테지만, 아마 내가 아는 선생은 지금도 계속 소설을 쓰고 계실 듯하다. 거기가 어디든.

그럼에도 이제 와 새삼 그리운 것은 새로 펴낸 소설이라며 책을 내게 건네던 그 순간이다. 이제 다시는 그럴 일이 없겠지. 내가 선생의 신작을 읽는 일은 이제 내가 사는 이 세계에서는 일어날 수 없겠지. 나는 이제 다시 돌아오지 않을 그 순간을 떠올려 본다. 그

동안 어떻게 지냈느냐고 물으면서 선생은 펜으로 책 앞에 뭔가를 쓴다. 바람이 불고 꽃이 피는 것처럼 별 일이 아니라는 듯이 그는 내게 책을 건넨다. 그럴 때 보면 웃는 그의 얼굴이 눈부실 정도로 환하다. 책을 받아서 몇 장 넘기면 거기 조금의 망설임도 없이 세로로 써 내려간 글자들이 보인다. '사랑하는 김연수.'

고등학교 재학 중에 신춘문예로 등단한 소설가로서 선생의 천재성, 감각적인 문체와 현대적인 주제로 한국 소설에 기여한 공로, 그의 소설과 함께 울고 웃으며 청춘의 한때를 보낸 수많은 독자들의 성원 등은 더 이상 말할 필요도 없이 자명하니, 나는 오로지 이 사랑, 영원한 청년이 내게 건넨 이 사랑에 대해서만 생각하고 싶다. 마지막으로 그가 좋아했던 아폴리네르의 시로 먼 길에 나서는 선생을 배웅하고자 한다.

'그가 말했다. / 벼랑 끝으로 오라. / 그들이 대답했다. / 우린 두렵습니다. / 그가 다시 말했다. / 벼랑 끝으로 오라. / 그들이 왔다. / 그는 그들을 밀어버렸다. / 그리하여 그들은 날았다.'

부디, 이제 두려움 없이 훨훨 날으시길.

_ 김연수 (작가)

2013년 10월 7일 월요일 이른 새벽, 신문 한 부가 배달됩니다

강진형 가톨릭대 서울성모병원 종양내과 교수(53)는 지난달 25일 별세한 소설가 최인호 씨의 마지막 5년을 함께한 주치의다. 그는 일부러 빈소를 찾지 않았다고 했다. '나중에 묘소를 찾을 것'이라고 했다. 많은 죽음을 봐 온 의사이지만, 한 작가의 죽음을 받아들이는 데 시간이 걸리는 듯했다.

인터뷰를 청했을 때 강 교수는 "특별히 선생님에게 해 드린 것도 없는데… 송구스럽다."며 망설였다. 어렵사리 인터뷰에 응한 그를 2일 서울성모병원 본관 8층 교수라운지에서 만났다. 최인호 씨는 2008년 6월 침샘암 진단을 받았지만 재발해 투병 끝에 세상을 떠났다.

강 교수가 들려주는 '활달하고 다정하고 장난기 많은' 환자 최인호의 모습은 기자도 생전에 만났던 작가 최인호의 모습과 정확히 일치했다. 고인의 투병 경과를 차분하게 전하는 것으로 그는 말문을 열었다.

"5년 전 목 부위에 덩어리가 만져진다면서 병원을 찾으셨죠. 진단을 맡은 김민식 교수님(서울성모병원 이비인후과)이 '최 선생님이 침샘암인 것 같다'고 말씀해 주셨어요. 김 교수님이 암 부위를 제거하는 수술을 했습니다. 수술은 잘됐고 국소 재발을 억제하기 위해 방사선 항암 치료를 진행했습니다. 당시 최 선생님은 굉장히 마음이 가벼운 상태였어요. '내가 치료받으면 완치가 되겠구나' 하시면서, 훗날 일은 전혀 예상하지 못했지요. 하지만 1년 뒤암이 폐로 전이됐다는 것을 확인했습니다. 전신 항암 치료를 시작했는데⋯ 침샘암 항암 치료가 아주 힘듭니다. 약이 독해요. 구토가 심하고 머리가 많이 빠지고, 손발이 저리고 손톱이 빠져나갑니다. 손톱과 살 사이에 염증이 생기고 진물이 나오고⋯"

당시 고인은 그런 상황에서도 소설에 열중했다.

"재발되고 항암 치료를 한 기간이 1년 반 정도였는데 오히려 '이렇게 아프고 힘드니까 지금 글을 안 쓰면 안 되겠다' 하셨던 것 같아요. 하루는 막 기분이 좋아서 오서서는 '영감이 떠올라 이 악물고 썼다. 200자 원고지 1,200장 분량의 소설을 두 달 만에 다 끝냈다'고 하셨어요."

당시는 고인이 『낯익은 타인들의 도시』를 탈고한 때였다. 강 교수는 작가가 직접 사인해 준 책을 받았지만 아직 읽지 못했다고 했다. 그는 기자에게 "그 책이, 나 자신이 낯설게 느껴지고, 내가 누구인지 알 수 없고… 이런 내용인가요?"라고 물었다. 실제로 『낯익은 타인들의 도시』는 주인공 K가 보고 믿어 왔던 실재에 회의를 품으면서 진짜 '나'를 찾아나서는, 환상과 현실을 넘나드는 이야기다. 읽지도 않은 소설의 테마를 어떻게 짐작할 수 있었을까? 강 교수는 항암 치료로 입원한 고인을 어느 새벽에 마주한 날의 기억을 들려줬다.

"21층 병동으로 회진을 갔습니다. 조금 흐린 날이었고 막 동이 트러던 때었어요. 하늘은 뿌연 회색이고. 병실에서 보이는 풍경이라는 게, 산이 없어요. 다 아파트예요. 선생이 창에 기대서서 계속 바깥을 응시하고 있더라고요. 아파트밖에 안 보이는 바깥을. 아, 너무나 쓸쓸해 보였어요. 몸은 힘들지, 방은 답답하지. 오랫동안 서울에, 이 도시에 살았는데 선생이 자신을 이방인처럼 느낀다는 생각이 들었습니다. 계속 뚫어지게 밖을 보고 있었거든요. 도시가 낯설게 느껴진다는 생각? 아마 거기서부터 소설이 시작됐을 거예요. 영감이 떠올랐으니 빨리 끝내야겠다, 하셔서 손톱이 빠진 자리에 골무를 뒤집어쓰고 글 쓰셨을 거예요.”

기자는 강 교수를 만나기 전 호스피스 병동에 들렀다. 병동에 있는 사람들은 대개 생존기간 2, 3개월의 시한부 진단을 받은 말기 암 환자들이다. 계속 머무는 것은 아니고 육체적 통증을 참을 수 없을 때, 심리적으로 힘겨울 때 일주일에서 열흘 정도 입원한다. 자원봉사자들이 환자가 누운 침상을 둘러싸고 성가를 불러 주는 모습이 눈에 띄었다. 어떤 환자들의 얼굴은 그늘져 있었지만, 평온한 표정의 환자들도 보였다. 최인호 선생도 어느 순간 죽음이 가까이 온 것을 감지했을까. 강 교수는 “그러나 그때 선생은 자포자기한 심정이 아니었다.”고 돌아봤다.

“저는 죽음에 다다른 사람들을 많이 봤습니다. 명망 있고 인품이 훌륭하다고 알려진 분들도 있었지요. 그런데 그런 분들 중에 자신의 죽음을 고통스럽게 애달파하면서 삶에 집착하는 이들이 적지 않았어요. 사람들이 본받고 싶어 한다는 분들이 생의 막바지에서 아우성칠 때 저는 인간에 대해 회의했어요. 그런데 최 선생님을 뵈면서 다른 생각을 하게 됐어요. 오랜 시간 최 선생님과 교류했던 분들에 비하면, 저야 그분에 대해 알면 얼마나 알겠느냐마는, 제가 그분을 통해 얻은 교훈은… 자신의 본분에 대한 열정이었어요. 그 자신 글을 쓰는 작가이고, 작품을 쓰는 게 해야 할 일이라는 것. 고통스럽지만, 버틸 수 있는 한 손톱 빠진 손가락에 골무를 끼고서라도 할 일을 하겠다는 것. 그 연세에, 그 상황에서, 반드시 글을 써야겠다는 그 지독한 열정 말입니다."

그 열정은 삶에 대한 집착과는 어떻게 다른 겁니까.
"항암 치료 1년 만에 선생님께서 결단을 내리셨습니다. 치료를 받아도 완치될 수 없고 고통만 따르겠다고 본인이 판단하고 치료를 중단하셨어요. 선생님이 그렇게 힘들게 글을 쓰신 걸 보고 저도 힘든 치료에 대한 미련은 버렸습니다. 열정과 집착의 차이요? 열정이라는 건 뚜렷한 목표가 있고 그 목표를 향해서 나아가는 로드맵이 있는 겁니다. 그렇지만 집착은 맹목적인 거죠. 목표가 없어요. 열정은 다른 말로 '자신과의 싸움'으로 표현할 수 있다고 생각합니다. 선생님은 자신과의 싸움에 투철한 분이셨어요. 선생님이 더 쓰고 싶은 글도 많았을 거라고 생각합니다. 건강하게 살아 계셨다면 더 많은 작품도 쓰셨을 테고요. 그렇지만 힘든 상황

에서 할 일을 했기 때문에, 자신과의 싸움을 피하지 않고 맞섰기 때문에, 최선을 다했기 때문에, 본분에 대한 열정이 있었기 때문에, 그분의 떠남이 큰 울림이 있다고 생각합니다."

강 교수는 고인이 떠나던 날인 25일 아침 회진을 떠올렸다. 선생을 깨우니 의식이 없는 중에도 작고 초췌한 얼굴에 환한 웃음이 떠올랐다. "천사의 미소였다."고 그는 말했다. 그리고 그날 오후 7시 2분 고인은 세상을 떠났다.

"25일 오후 7시, 예정대로면 저는 중국에 있어야 했습니다. 학회 발표가 있었어요. 임종이 가까웠다는 건 알았지만 그날이리라곤 예상을 못 했지요. 그런데 전날에서야 중국 비자가 필요하다는 것을 알았어요. 필요 없는 줄 알았거든요. 그래서 학회를 못 가게 되었죠. 오후 회진 돌고 저녁 6시로 기억합니다. 레지던트한테 '선생님 오셔야겠습니다. 혈압이 떨어집니다!' 전화가 온 거예요. 그래서 다행히도 임종을 지키게 되었습니다."

강 교수는 "선생님이 붙잡았는지도 모르지요. '네가 튀려고 해? 그래도 주치의인데 끝에는 나랑 같이 있어야 하는 거 아냐?' 하시면서요."라며 생전의 유머러스했던 고인의 모습을 추억했다.

"선생님은 복잡하게 '머리 굴리는' 사람이 아니었어요. 굉장히 맑고, 밝고, 사람을 사랑할 줄 아는 분이었어요. 회진을 가면 항상 저를 안아 주세요. 그런데 내가 안겨요? 당신 몸의 2, 3배인데. 그런데 선생님이 안아 주면서 그러세요. '강 선생, 조금은 빼야겠다.' 선생님 때문에 뺀 건지는 모르겠지만, 노력해서 1년 동안 몸무게를 14kg 뺐어요."

강 교수는 끝까지 사람을 사랑하고 그 사랑을 솔직하게 표현하는 게 얼마나 소중한 것인지를 최 선생을 통해 배웠다고 했다. 그것을 버티는 힘이 가족이었음도 깨달았다.

"항암 치료를 중단하시고는 사모님께서 댁에서 병 수발을 드신 셈입니다. 침샘암은 침이 마르고 가래가 딱 붙어서는 나오질 않아서 환자가 굉장히 괴로워합니다. 사모님이 곁에서 고생 많이 하셨어요. 사모님은 남편한테 순종만 하는, 천생 여자 같은 분인데, 저는 마지막에 사모님이 못 견디실 줄 알았어요. 그런데 오히려 더 담담하셨습니다. '최인호' 선생님 부인 되기가 굉장히 어려운 자리라고 생각하는데, 그걸 다 감당해 내셨어요. 그래서 저는 사모님도 참 좋아합니다."

인터뷰가 끝난 뒤 헤어지는 길에 강 교수는 "최 선생님이 소설 『낯익은 타인들의 도시』 말고 뭔가 숨겨 놓으신 게 있을지도 몰라요."라면서 웃음 지었다. "항암 치료받고 그 뒤에 몰래 써 놓으셨을 수도 있어요. 나중에 발견하라고. 천국에서 깔깔 웃으시겠지. '요놈들아, 놀랐지?' 하면서."

그의 말을 듣는 기자의 귀에도 고인의 웃음소리가 들리는 듯했다.

_ 인터뷰: 김지영 기자

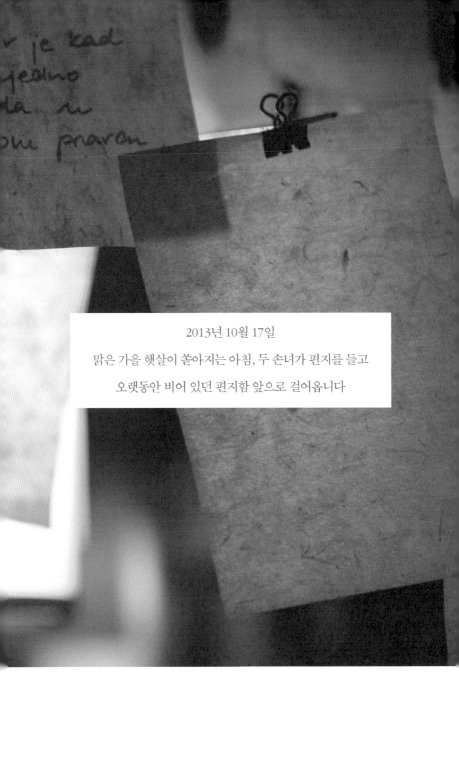

2013년 10월 17일

맑은 가을 햇살이 쏟아지는 아침, 두 손녀가 편지를 들고

오랫동안 비어 있던 편지함 앞으로 걸어옵니다

할아버지께

할아버지 안녕하세요?

윤정이에요. 오늘이 무슨 날인지 아세요?

할아버지 생신이에요.

하늘나라에서 천사들하고 맛있는 생일 케이크를 드셨나요?

할아버지랑 같이 여행 가고 싶었는데 못 가서 아쉬워요.

하늘나라에서도 저를 기억해 주세요.

저도 항상 할아버지를 기억할게요.

할아버지, 보고 싶어요.

우리 꿈에서 만나요.

잘 자요. 좋은 꿈꿔요. 내일 봐요.

사랑해요. 할아버지!

할아버지는 우두자국을 가리키며 내게 말씀하셨다.
날개가 접혀 들어간 자리라고. 날개가 활짝 펼쳐지면 마음대로
하늘을 훨훨 날아다닐 수 있다고.

언젠가 어깨에서 날개가 다시 돋으면 할아버지가 하늘로 날아가
실 거라는 건 알고 있었지만, 그날이 이렇게 빨리 올 줄은 몰랐다.
침샘암에 걸리셨지만 나는 할아버지가 금세 나아지실 거라고 믿
었다.

어렸을 때, 매일 나를 유치원에 데려다 주신 할아버지. 유치원을
가는 대신 백화점으로 가 내가 원하는 것을 사 주시던 할아버지.
한국에 오기 전, 할아버지가 나를 보러 상하이에 오셨던 때가 생
각난다. 그때 할아버지는 '사랑해' '보고 싶어'와 같은 말들이 적
힌 작은 쪽지들을 내 방에 숨겨 놓으셨다. 그리고 말씀하셨다. 내
가 그걸 찾아내면 밤에 할아버지가 천사가 되어 날아올 거라고.
캄캄한 밤이 되면 무서운 이야기도 해 주시던 할아버지는 무척이
나 장난을 좋아하셨다.
작가는 내가 꿈꾸는 직업 중 하나다. 작가가 되고 싶은 것을 알고,

내가 꼭 꿈을 이루기를 바라셨던 할아버지. 작가가 되도록 늘 응원해 주고, 가르쳐 주고, 도와주신 할아버지가 내 곁에 계셔서 난 너무나 행복했다.

우연히 옛날 사진을 보았다. 사진 속 할아버지는 정말 잘생기셨다. 할아버지를 따르고 좋아하는 사람들이 많은 걸 보면, 할아버지가 세상에서 가장 멋진 할아버지인 것이 틀림없다. 고등학생이 되고 어른이 될 때까지 할아버지는 예전처럼 나를 이끌어 주실 거라 믿는다. 그리고 언젠가 내가 꿈을 이루는 것도 보실 거라 확신한다. 오늘도 할아버지는 내 곁에서 나를 지켜보며 내게 행운을 안겨 주고 있다. 할아버지의 손녀로 태어난 나는 이 세상에서 가장 운이 좋은 아이다. 내가 아는 할아버지는 이런 내 마음을 아실 거라 믿는다.

오늘은 할아버지의 예순여덟 번째 생신이다.
긴 초 여섯 개, 작은 초 여덟 개.
할아버지가 한 번에 촛불을 껐으면 좋겠다.